La double vie de Cassiel Roadnight

Jenny Valentine

La double vie de Cassiel Roadnight

Traduit de l'anglais par Diane Ménard

l'école des loisirs
11, rue de Sèvres, Paris 6e

Du même auteur à *l'école des loisirs*

Collection MÉDIUM

Ma rencontre avec Violet Park
La fourmilière

Titre de l'édition originale : « The Double Life of Cassiel Roadnight »
(HarperCollins, Londres)
Loi n° 49.956 du 16 juillet 1949 sur les publications destinées à la jeunesse : septembre 2013
Dépôt légal : août 2014

ISBN 978-2-211-20463-7

Pour Maikki Ranger, ma jumelle de hasard

I

Je n'ai pas choisi d'être lui. Je n'ai pas désigné Cassiel Roadnight, je ne l'ai pas fait sortir d'une file de personnes qui me ressemblaient comme deux gouttes d'eau. J'ai simplement laissé faire. Je voulais simplement que ce soit vrai. C'est le seul tort que j'ai eu, au début.

J'étais dans un foyer, un centre d'hébergement temporaire pour mômes impossibles, quelque part dans les quartiers est de Londres. J'y étais depuis deux ou trois jours, je venais de la rue, et j'étais entré là, forcé et contraint, car à moitié mort de faim. Les gens du centre essayaient toujours d'avoir prise sur moi. Ils essayaient toujours de trouver qui j'étais.

Je n'allais pas le leur dire.

C'était un endroit défraîchi tenu par des gens défraîchis. Ça sentait le tabac, l'encaustique et la soupe. Ils me donnèrent de vieux vêtements usés par les nombreux lavages, raccommodés, et presque à ma taille. Ils me posèrent un tas de questions en échange de deux repas et d'un endroit au sec pour dormir.

J'essayais de leur être reconnaissant, mais je ne leur parlais pas.

Ils m'enfermèrent dans une pièce qui servait de débarras, parce que je m'étais battu. Chaude, sans air, quatre murs délavés, un classeur fermé et rouillé, une étagère où s'empilaient des papiers, un tas de chaises.

Le garçon avec lequel je m'étais battu était blessé. C'est pour ça que j'étais enfermé, en fait, parce que j'avais eu le dessus. On n'a pas le droit d'être le plus fort. Je ne me rappelle pas son nom. Je ne me rappelle même pas pourquoi on s'est battus.

J'étais là depuis plus de deux heures. J'aurais voulu tout casser. Je m'imaginais en train de le faire, quelque part dans ma tête.

J'entendis quelqu'un venir, et vis la forme mouvante, couleur de mousse, de la femme à travers le verre dépoli de la porte. Je tapai dessus de toutes mes forces. La femme s'arrêta, se retourna, et inspira rapidement, de son air chagrin.

– Qu'est-ce que tu veux ? demanda-t-elle d'une petite voix nerveuse.

– Je veux que vous me laissiez sortir.

– Je ne peux pas.

J'appuyai la tête contre la surface froide du mur.

– Aidez-moi, s'il vous plaît !

– Tu es blessé ? demanda-t-elle. Tu saignes ?

– J'ai soif.

Elle ne répondit pas.

– Vous ne pouvez pas me priver d'eau.

– Je vais demander, dit-elle, et à travers le verre son image se tordit, se rassembla et disparut.

Je comptai jusqu'à quatre cent trente-huit.

Lorsqu'elle revint, elle était accompagnée de quelqu'un d'autre. Ils déverrouillèrent la porte, et entrèrent brusquement en m'apportant un gobelet en plastique à moitié rempli d'eau. Je le bus d'une traite. Il n'y en avait pas assez.

L'homme avait un nez crochu et flasque, des cheveux frisés. Lui, je l'avais déjà vu, mais pas elle. Sa voix ressemblait à un tintement de clés.

– Tu as fini de te battre ?

Je haussai les épaules.

– Pas sûr.

Je n'aimais pas la façon dont la femme me regardait. Je la fixai à mon tour, pour qu'elle arrête, mais elle ne baissa pas les yeux. Entre nous, il n'y avait que le bourdonnement du sang dans mes oreilles, et son regard.

Elle ne me quitta pas des yeux pendant qu'elle parlait à l'homme, ni même en sortant de la pièce.

– Attends-moi une minute, s'il te plaît. Je reviens tout de suite.

L'homme s'assit sur l'une des chaises, remua, se donnant beaucoup de mal pour avoir l'air décontracté. Il se pencha vers moi, et ses yeux noirs clignèrent, rapides, attentifs, comme ceux d'un oiseau. Je me demandai si ça l'inquiétait d'être seul avec moi. Je me demandai s'il avait peur.

– Pourquoi tu ne nous dis pas ton nom ?

Je fis comme si je n'étais pas là. Comme s'il ne me parlait pas.

– Je m'appelle Gordon, dit-il. Et la femme qui était là s'appelle Ginny.

– Très bien, répondis-je. Content pour vous.

– Et toi ? demanda-t-il.

Je regardai mes chaussures, les chaussures de quelqu'un d'autre, noires, bosselées, éraflées. Je me demandai combien d'individus inexistants les avaient usées. Je sentis le tissu de la chemise de quelqu'un d'autre sur ma peau, le pantalon d'un autre individu inexistant. Comment aurais-je pu savoir qui j'étais ?

Je souris.

– Je ne suis personne.

– Allons, dit-il. On est toujours quelqu'un.

C'était vraiment incroyable la façon qu'il avait d'affirmer ça ! Comment pouvait-il en être aussi sûr ?

C'est le 5 novembre que je me suis aperçu que je n'étais pas celui que je croyais être. Je me souviens du moment précis où ça m'est arrivé. Je ne savais plus qui j'étais. J'ai demandé l'heure à un homme pour pouvoir l'enregistrer dans ma mémoire. Il a regardé sa montre, et m'a dit qu'il était sept heures vingt-cinq. Puis il s'est replongé dans son journal.

– Est-ce que vous me connaissez ? lui ai-je demandé. Est-ce que vous savez qui je suis ?

C'était impossible, bien sûr, mais j'avais tellement besoin qu'il réponde « oui ».

Je voyais bien qu'il n'était plus concentré sur sa lecture. Il laissait son regard errer sur les mots en attendant que je m'en aille. Il avait peur.

La femme qui s'appelait Ginny revint avec quelque chose à la main, un bout de papier.

– Je peux te parler ? demanda-t-elle à l'homme.

Gordon se leva et ils me laissèrent de nouveau seul dans la pièce. Je les entendais derrière la porte. Ils parlaient à voix basse, mais j'entendais quand même.

– Je m'en suis aperçue seulement ce matin. Pure coïncidence.

– Pas possible !

– Il a disparu depuis deux ans environ.

– Ah… ben… ça… alors !

– Est-ce que tu crois que c'est lui ?

– Regarde ça ! C'est forcément lui.

La poignée de la porte tourna. Je fermai les yeux et essayai de me préparer. J'essayai d'arrêter le temps. Lorsqu'ils revinrent, ils semblaient transformés, prudents, comme si j'étais une bombe prête à exploser, un tigre endormi, un vase d'un prix inestimable sur le point de tomber.

Je me dis qu'ils m'avaient trouvé. Je me demandai jusqu'où j'irais si je m'enfuyais.

La main de Ginny flotta au-dessus de la mienne, restant suspendue, sans se poser. Gordon s'efforça de sourire.

J'étais terrifié. Est-ce que c'était terminé pour moi ?

– Cassiel ? dit-elle.

Je la regardai droit dans les yeux. Je ne comprenais pas ce qui se tramait.

– Comment ?

– Cassiel Roadnight ? demanda-t-elle.

Je ne m'appelle pas Cassiel Roadnight. Je ne me suis jamais appelé comme ça. Mon nom est Chap. C'est ainsi que mon grand-père m'appelait. J'ai toujours aimé ce nom. J'ai toujours pensé qu'il m'allait bien.

– Qui, *moi* ? dis-je.

Gordon me tendit la feuille de papier. C'était une sortie d'imprimante, la photo d'un garçon avec le mot « DISPARU » en travers du front.

Une photo de moi.

– Oh, mon Dieu, dis-je.

Je retins mon souffle.

C'était une vieille photo. Je devais avoir quatorze ans, ou quelque chose comme ça. Cheveux bruns, ni longs ni courts. Yeux bleus, même forme, même lumière, même couleur. Exactement mon visage – mon nez, ma bouche, mon menton.

Je me demandai si c'était la dernière photo que quelqu'un avait prise de moi, et je me demandai qui l'avait prise.

Je me demandai pourquoi je souriais. Je ne souriais pas quand j'avais quatorze ans. Qu'est-ce qui aurait bien pu me faire sourire ?

– Oh, mon Dieu, répétai-je.

Ils me comprirent de travers. Ginny laissa sa main toucher la mienne et la serra. Gordon souffla par la bouche en distendant ses joues, comme un ballon qui se dégonfle. Je gardai les yeux rivés sur la photo.

Quelque chose n'allait pas.

Il y a des détails de mon visage dont je suis sûr. Je les vois chaque fois que je me regarde dans une glace. Je sais qu'ils y sont sans même avoir besoin de regarder.

Premièrement. J'ai deux cicatrices. La première, fine, en relief et brillante, comme une des reprises de ma chemise, va du lobe de mon oreille jusqu'à ma pommette. Un chien m'a mordu quand j'avais cinq ans. Ça m'avait fait horriblement mal.

La seconde est sous mon œil gauche, une marque rouge, un renflement sous mes doigts, un trou en forme de diamant que m'a fait un type avec des bagues à chaque doigt. Je me souviens de son visage, et je me souviens de l'impact sourd de ses bagues quand il a frappé. Il s'appelait Rigg.

Deuxièmement. J'ai trois piercings à l'oreille gauche, et deux à la droite. Je les ai faits moi-même avec une aiguille, de l'eau salée et un bouchon. J'ai respiré à fond, et ça n'a même pas saigné. Il ne reste plus rien à l'intérieur, maintenant, ni clou ni anneau, ni quoi que ce soit. Je les ai enlevés, mais les trous sont restés. Mes oreilles ressemblent à des pelotes d'épingles.

Troisièmement. J'ai de mauvaises dents. Une de celles

de devant est cassée, et trois de celles du fond sont sur le point de tomber, alors qu'elles sont censées durer toute la vie. Mes dents sont dans un état épouvantable.

Sur la photo, je n'avais ni cicatrice, ni piercing. Mes dents étaient parfaites. J'étais heureux, bien nourri, et en bonne santé.

En d'autres mots, ce n'était pas moi.

J'essayai de le leur dire. Je levai les yeux, et déclarai :

– Non.

– Cassiel, dit Gordon.

Il croisa les jambes. Son pantalon et sa bouche émirent le même chuintement.

Je fis un signe négatif de la tête.

– C'est pas moi.

– Allons, dit de nouveau Ginny, sa main toujours posée sur la mienne.

J'avais envie de l'envoyer promener et de dégager brusquement ma main. Je ne lui répondis pas.

– Quel que soit ton problème, Cassiel, reprit-elle, quelle que soit la raison pour laquelle tu t'es enfui, nous pouvons t'aider.

– Non, vous ne pouvez pas.

Ils étaient trop près de moi. Je n'aimais pas ça.

– Nous sommes ici pour t'aider, insista-t-elle.

– Aidez quelqu'un d'autre. Aidez quelqu'un qui en a besoin. Je ne suis pas celui de la photo.

– Qui es-tu alors ? demanda Gordon.

Bonne question.

Je le regardai fixement. Je souris de mon air le plus agressif.

– Quelles sont les probabilités, demanda Gordon à Ginny, comme si je n'étais pas là, pour que deux garçons qui ont disparu soient absolument identiques ?

– Une sur un milliard, répondit Ginny, comme si ça réglait la question.

– Je me fiche des probabilités, dis-je. Ce n'est pas moi.

– Comment t'appelles-tu alors ?

C'est peut-être ça, pensai-je, tout simplement un truc pour me faire dire mon nom. Je ne tomberais pas dans le panneau. Ils ne m'identifieraient pas. J'avais réussi à leur échapper pendant assez longtemps pour ne pas me faire prendre maintenant.

– Je ne m'appelle pas Cassiel. Pas du tout.

Ils échangèrent un regard.

– Regarde encore, me conseilla Gordon.

– Prends ton temps, ajouta Ginny.

Ils ne me croyaient pas. Ils voulaient avoir raison, je le sentais. Ils allaient insister. Peu importe ce qu'on peut dire à ces gens-là. Quand ils ont décidé quelque chose, ils n'écoutent plus rien.

J'inspirai profondément et tentai de ne penser à rien. Je me concentrai sur la photo du garçon. C'était incroyable d'avoir un double comme ça, quelque part dans le monde, qui apparaissait comme quelqu'un de totalement étranger. J'examinai le visage heureux, lisse, sans crainte, de Cassiel Roadnight. Et soudain il me vint à l'esprit que je pourrais être lui si je voulais. Cette idée s'insinua en moi. Je la voyais venir, et j'essayai de toutes mes forces de l'ignorer.

Je pourrais être lui.

Et si j'étais Cassiel Roadnight, me soufflait cette pensée, au moins je ne serais plus obligé d'être moi.

Tu n'auras pas d'existence, me disait cette voix. *Tu pourrais t'effacer de la surface de la Terre en une seconde. Tu pourrais te volatiliser dans l'air impalpable, juste devant ceux qui te poursuivent.*

J'accordai alors toute mon attention à cette pensée. Qu'est-ce que j'avais à perdre ?

Personne, rien, si ce n'était la peur d'être retrouvé. Les gens qui me cherchaient voulaient uniquement me démolir.

J'avais toujours voulu être quelqu'un d'autre. N'est-ce pas le cas de tout le monde ?

– D'accord, dis-je à ma pensée, si bas que je ne le dis presque pas.

– Comment ? demanda Gordon.

Ils échangèrent un coup d'œil, avant de fixer de nouveau leur regard sur moi. On aurait dit qu'ils retenaient leur souffle. Soudain, il y eut un bruit dans la pièce : ils respiraient.

– D'accord, répétai-je.

– Bien, dit Ginny.

– Tu t'appelles Cassiel Roadnight ? demanda Gordon.

– Oui. Je m'appelle Cassiel Roadnight, lui répondis-je, en regardant le sourire se dessiner sur ses lèvres, puis s'y figer.

J'ai menti. Voilà le tort que j'ai eu.

Je ne ressentais pas grand-chose. Tout le monde ment de temps en temps. Et si ça peut jouer en ma faveur, j'ajouterais que j'aurais voulu que ce soit vrai. J'aurais tellement voulu !

II

Ginny me laissa me regarder sur l'ordinateur. Elle n'était pas censée me le permettre. Utiliser le matériel de bureau était contre les règles de l'établissement. On n'avait pas non plus le droit de courir, d'avoir un couteau qui coupe vraiment, ni de manger de cacahuètes.

– Juste une minute, dit-elle, en se penchant au-dessus de mon épaule.

Je sentais son haleine. Je l'entendais avaler sa salive.

Je me retournai vers elle.

– Est-ce que vous pourriez me laisser seul ?

Elle n'était absolument pas autorisée à le faire. Je la regardai cligner trois fois des yeux.

– Bien sûr, Cassiel, répondit-elle comme si elle travaillait pour moi ou quelque chose dans le genre, comme si j'étais à l'hôtel et que je payais pour être là. Je serai au bout du couloir.

Bon sang, avoir un nom, c'est quelque chose ! Essayez de n'être personne et de demander qu'on vous laisse votre espace vital !

Cassiel Roadnight avait son propre profil de personne disparue. Il venait d'une petite ville où tout le monde le connaissait, où tout le monde se connaissait. Il avait disparu la nuit des feux d'artifice, quand les rues étaient pleines d'inconnus, bourrées de gens venus voir le défilé, les danses, les déguisements, les feux de Bengale et le Géant d'osier. C'était une fête qui avait lieu chaque année dans la ville, on l'appelait Hay on Fire. Un bon moment pour disparaître.

C'était le 5 novembre. Je fixai longtemps cette date sur l'écran. Cassiel Roadnight n'avait pas réapparu depuis. Moi non plus.

D'après le profil établi par la police, il portait un jean et un sweat-shirt bleu. Son visage était peint en argent et en doré pour le défilé ; par-dessus ses vêtements ordinaires il portait une cape noire ainsi qu'un masque qui lui couvrait les yeux et le nez. Il y avait des photos. Ça faisait drôle de voir une photo de lui quelques heures ou peut-être même quelques minutes avant sa disparition. C'était encore plus curieux de voir mes propres yeux regarder par les fentes du masque.

Sa disparition était « complètement inattendue compte tenu de sa personnalité », ce qui signifie que personne ne l'avait vue venir. Il n'avait pas laissé de mot, et n'avait dit à personne qu'il partait.

Sa famille déclarait qu'elle ne perdrait jamais l'espoir de le revoir. Les messages disaient : « Cass, tu nous manques, et nous pensons à toi tous les jours. Il n'y a pas de problème que nous ne puissions résoudre ensemble. Fais-nous simplement savoir si tu vas bien. Et, s'il te plaît, reviens à la maison. »

J'aurais bien aimé avoir un message dans ce genre-là. Ça aurait signifié beaucoup de choses pour moi, que les gens ne perdent jamais l'espoir que je revienne.

Il y avait d'autres photos de lui, pas seulement celles du feu d'artifice. Je restai assis dans le bureau vide, et les regardai toutes : Cassiel en train de manger une glace, Cassiel avec son équipe de foot. Cassiel à côté d'un chien haletant. Cassiel sur une plage balayée par le vent. J'avais l'impression de me voir moi-même dans une vie de rêve, la vie que j'aurais aimé avoir eue. Je savais que je n'avais jamais été là-bas, je savais que ce n'était pas vrai, mais quelque chose me poussait peu à peu à entendre les percussions du défilé, à sentir l'odeur de la boue et de la sueur du terrain de football, le goût de la glace rose à la fraise, le sel et le sable sur ma peau. Quelque chose me poussait peu à peu à croire que ces photos étaient des photos de moi.

Si vous n'avez pas mangé depuis plusieurs jours, il faut faire attention de prendre des petites bouchées, sinon la nourriture que vous avez tant désirée, dont vous avez rêvé jour et nuit, peut vous rendre terriblement malade. Croyez-moi, je le sais. C'est pourquoi je savais que je ne devais pas souhaiter avoir une famille. Je savais que c'était une très mauvaise idée.

Mais quand on commence à désirer, on ne peut plus s'arrêter.

La vie de Cassiel Roadnight se glissa dans ma tête à ce moment-là, et elle y resta. Je ne pouvais plus l'en chasser. Je pensais à son père, à sa mère, je me demandais à quoi ils pouvaient bien ressembler, et au changement d'expression de leur visage quand ils me verraient. Je pensais à ses frères et sœurs, je me demandais combien ils pouvaient être, quel âge ils pouvaient avoir. Je pensais à sa jolie petite ville et au manque qu'il avait laissé en partant. Je pensais à ses amis. J'imaginais leur joie quand ils le verraient revenir.

Je me persuadais qu'ils avaient besoin de moi autant que j'avais besoin d'eux. Je me persuadais que je pourrais mettre fin à toutes leurs souffrances en apparaissant.

Je pensais au type de maison où Cassiel avait vécu, à sa chambre, et à ce que j'éprouverais quand elle serait à moi. Je pensais au petit déjeuner sur la table de la cuisine, aux pancakes, aux mauvaises plaisanteries, au jus d'orange et au soleil jaune sur nos visages. Je pensais à l'idée d'aller à l'école, d'avoir des amis et d'être normal.

Je désirais ce que Cassiel Roadnight avait eu. Je le désirais de toute mon âme.

Je ne pensai pas qu'en étant lui je devrais vivre constamment sur les charbons ardents. Je fus incapable de m'en rendre compte. Je préférai marcher sur le fil, refusant de regarder en bas.

Je fixai son visage sur l'écran de l'ordinateur, et je me mis au défi d'essayer. Soit je me donnais les moyens de réaliser mon souhait, soit je devais aller immédiatement voir Gordon et Ginny pour leur révéler la vérité. Je pouvais devenir lui, ou je devrais devenir moi. Voilà le choix que j'avais à faire.

Je me revois souvent en train de marcher dans le couloir vers eux, faisant semblant de choisir. Je rejoue cette scène dans ma tête, car c'est juste le moment qui a précédé celui du non-retour, les dernières secondes où je n'étais personne, ni moi ni encore Cassiel Roadnight, pas tout à fait.

Mes chaussures grincent sur le plancher ciré, j'ai les mains chaudes, gonflées, moites, et je pense que je suis indécis. Je pense que je ne sais pas ce que je vais faire.

Être indécis me semble un état magique, à présent, un état qui précède l'action et ses conséquences.

Être indécis, voilà ce que je souhaite.

Je frappai à la porte. Gordon et Ginny passaient des coups de fil. Ils avaient appelé la police, le département des personnes disparues et les services sociaux. Café, air triomphant, effervescence. Mon mensonge avait déjà fait boule de neige, il était devenu réalité pendant que j'avais le dos tourné.

– Cassiel, mon ami, dit Gordon, en écartant sa chaise de son bureau. Comment vas-tu ?

C'était gênant de l'entendre parler de cette façon. Je le savais, et lui aussi. Je le regardai, et il détourna les yeux.

– Cass, lançai-je, c'est comme ça qu'on m'appelle.

Je ne savais pas que j'allais le dire, mais j'entendis que

ça sonnait bien. J'aimais le sentiment de sa présence dans ma voix. J'étais grand, et je baissai les yeux vers Gordon, assis sur sa chaise. J'avais une famille, des amis, et un endroit où aller. J'étais quelqu'un. Le fugitif que j'avais été avait enfin disparu.

Personne ne pourrait plus m'attraper.

– Excuse-moi, Cass.

Il s'éclaircit la voix.

– Qu'est-ce qu'on peut faire pour toi ?

Je répondis que j'avais fini de regarder les photos sur l'ordinateur.

– Très bien, dit-il en s'étirant. Tu as trouvé ce que tu cherchais ?

Je haussai les épaules. (Oui oui oui. J'avais trouvé tout ce que je pouvais désirer.)

– Qu'est-ce qui se passe, maintenant ? demandai-je.

Ginny expliqua qu'ils étaient en train d'essayer de contacter ma famille pour la mettre au courant.

– Quelqu'un l'informera dès que possible. Ensuite, on peut se débrouiller pour te faire rentrer chez toi.

Chez moi.

Je ne savais pas où poser les yeux. Une espèce de faim explosa soudain dans mon ventre, dans cet espace vide et froid. Je passai la langue sur mes lèvres, et je sentis soudain un filet de sueur monter dans mes cheveux et sous mes bras.

– Ça ne va plus être long, dit Gordon.

J'entendis ses paroles sans vraiment les entendre. Je crois que j'acquiesçai d'un signe de tête.

Chez moi. C'était donc si facile ?

– Tu veux rentrer chez toi, n'est-ce pas, Cassiel ? C'est bien ce que tu veux faire ? demanda Ginny.

– Oui, répondis-je. Je le désire plus que toute autre chose au monde.

Je crus qu'elle allait rire. Le monde entier aurait pu éclater de rire, ça ne m'aurait pas étonné. Qui étais-je pour désirer quoi que ce soit ?

– Bon, très bien, dit Ginny. Je comprends ça.

Gordon se renversa sur sa chaise, les mains derrière la tête, et, la conversation semblant avoir pris fin, je quittai la pièce. Je mis un pied devant l'autre, et une fois dehors je m'appuyai contre le mur, fermai les yeux, et parvins à ralentir les battements de mon cœur à force de volonté.

J'étais lui.

Et à chaque pas que je faisais en tant que Cassiel Roadnight, à chaque nouveau battement de mon cœur qui se calmait, je remplaçais quelque chose que j'aurais voulu oublier de moi.

III

Mon grand-père habitait une vaste maison, dont l'arrière donnait sur le parc. Je ne me souviens de rien avant ça. J'ai essayé. Par la fenêtre, je voyais le terrain de jeux, où les enfants couraient partout comme des fourmis sur un morceau de sucette.

Être dans cette maison, c'était comme reculer dans le temps. Elle était calme, sombre, tapissée de livres, et presque entièrement marron, pleine de tic-tac d'horloges, de vraies horloges qui comptaient le passage du temps dans chaque pièce. Les rideaux étaient toujours fermés, comme si l'extérieur n'avait pas d'importance. Grand-père pensait qu'il n'y avait rien de mieux à faire que de passer la journée à lire dans le noir. Je crois qu'il ne lui était jamais passé par la tête que ce n'était pas l'avis de tout le monde.

Après l'accident, les gens n'arrêtaient pas de dire que ce n'était pas un endroit pour un enfant, les visiteurs médicaux, les travailleurs sociaux, les voisins, tous les fouille-merde, comme les aurait appelés grand-père.

Ils ne m'ont pas demandé mon avis. Ce que je pensais n'avait pas d'importance.

Il y avait treize pièces dans cette maison. Je les ai comptées. Grand-père vivait dans une seule.

Je pensais qu'il avait dû s'en servir un jour, qu'il avait dû en avoir besoin, pour une femme peut-être, des enfants, des chiens, des pensionnaires, ou tout ce qu'il avait pu avoir avant de m'avoir, moi. Il n'en parlait jamais, même quand je lui posais des questions. Il faisait comme si rien ne valait la peine d'être évoqué avant que nous soyons là, lui et moi. Il appelait ça « Le Temps d'Avant », il n'en disait pas plus.

Rien ne pouvait rendre grand-père plus heureux que de rester assis à lire, à dormir, à boire dans la pièce de devant, celle qui avait un grand bow-window, à travers lequel on ne pouvait même pas voir. Parfois, il se levait et se traînait jusqu'aux toilettes, ou jusqu'à la cuisine, ou encore jusqu'au paillasson pour chercher le courrier, mais il ne le faisait pas souvent. Il s'aventurait aussi de temps en temps jusqu'à la boutique au coin de la rue, et revenait de son pas traînant, les moustaches luisantes, les cheveux en bataille, faisant tinter les bouteilles.

Nous avions notre lit dans la pièce de devant, près du feu, tout comme son fauteuil, ses livres et ses bouteilles. Il faisait chaud à l'intérieur, contrairement au reste de la maison, où, dès qu'on sortait de la pièce, il faisait si froid qu'on le sentait d'abord sur le visage, puis aux doigts et au bout du nez qui devenaient légèrement insensibles.

C'était là mon royaume : le jardin couvert de mauvaises herbes, les douze autres pièces, et le grenier au-dessus, figés comme un musée ou un décor de cinéma ; le témoignage parfait d'une époque tombée en ruines, des ruines fascinantes et plongées dans le silence.

Dans la chaleur étouffante de la pièce de devant, je passais les mains sur le papier peint, qui avait la consistance de cordes aplaties. Le motif des rideaux ressemblait à des chocolats radioactifs rangés dans une boîte. C'est toujours ce que je pensais quand je les regardais. Les chocolats du futur. Des chocolats qu'il ne faudrait jamais manger. Je ne pouvais pas imaginer grand-père en train de choisir ces rideaux. Je me demandais souvent qui avait bien pu le faire.

Je dormais là avec grand-père tous les soirs. Je me faisais un nid de coussins au bout du lit. Il s'asseyait dans son fauteuil en cuir défoncé, et il me faisait la lecture, sa bouteille posée sur la table à côté de lui, pour ne pas avoir besoin de s'interrompre. Il me lisait H.G. Wells et John Wyndham. Il me lisait C.S. Lewis, Charles Dickens, Tolkien, et *Huckleberry Finn*. Chaque soir, il lisait jusqu'à ce que je m'endorme sur mes coussins, et jusqu'à ce qu'il s'endorme dans son fauteuil. C'est comme ça qu'on se disait bonsoir, en disparaissant au milieu d'une phrase.

Et c'est comme ça que j'ai appris tout ce que je sais, dans cette pièce où se mêlaient le doux tic-tac des horloges, le cliquetis de l'appareil de chauffage à gaz, le velours râpé des coussins contre ma joue, l'odeur du whisky, et le son de la voix de grand-père qui lisait.

Comment cela aurait-il pu ne pas être un endroit pour un enfant ?

Comment pouvaient-ils dire ça ?

Qu'est-ce qu'ils en savaient ?

IV

Le lendemain, je reçus un coup de téléphone.

Ginny vint me chercher en courant. J'étais en train de tripoter un trou dans mon jean. J'attendais. J'essayais de découper le temps minute par minute, seconde par seconde. Ça ne marchait pas.

Ginny avait de la sueur au-dessus de la lèvre supérieure. Luisante.

– Cassiel, dit-elle. C'est pour toi. C'est ta sœur.

Je la suivis le long du couloir, jusque dans la pièce d'où elle venait. En arrivant dans le bureau, je regardai le récepteur un instant avant de le prendre. Ginny agita la main et remua les lèvres pour m'inciter à parler.

– Allô ? dis-je.

– Cass ?

Il avait une sœur.

Au son de sa voix, je me rendis compte qu'elle tremblait comme une feuille. Je voulais qu'elle arrête de trembler.

Je regardai Ginny. Elle continuait d'agiter la main. Je lui tournai le dos.

– Cass. C'est Edie.

– Bonjour, Edie.

Elle émit un petit bruit, pas vraiment un mot entier, puis elle demanda :

– C'est toi ?

– Oui, dis-je. C'est moi.

Je m'assis alors dans le bureau, les yeux fermés, et écoutai cette fille, Edie, que je n'avais jamais vue, pleurer parce que j'étais vivant. J'avais imaginé des gens sauter de bonheur, fous de joie et de soulagement, mais pas quelqu'un en train de sangloter à des kilomètres, à l'autre bout du fil. Je n'avais pas pensé que ça se passerait de cette façon.

Quand elle s'arrêta de pleurer, quand elle parla, je fis comme si c'était à moi qu'elle parlait, comme si c'était moi qui lui avais manqué depuis si longtemps, moi qu'elle était si heureuse d'avoir retrouvé. Je fis comme si elle était ma sœur. Et ça me permit de ne pas me sentir trop mal.

– Je viens te chercher, Cass. S'il te plaît, reste là où tu es. S'il te plaît, ne disparais pas de nouveau, avant que j'arrive.

– D'accord.

– Promis ?

– Promis.

– Oh, mon Dieu. Mam n'est pas là. Je ne sais pas où la joindre. J'arrive. Ne bouge pas !

– Je ne bouge pas, répondis-je. J'attends là.

Elle mit longtemps à dire au revoir. Je raccrochai, et me forçai à sourire à Ginny.

– Alors ? demanda-t-elle. Comment ça s'est passé ?

Je ne savais pas pourquoi elle posait la question. Elle avait entendu tout ce qu'elle voulait entendre, se tenant près de la photocopieuse, feignant d'être occupée, et bougeant le moins possible pour mieux écouter.

– Bien, répondis-je

– Tu n'as pas dit grand-chose.

– Je ne parle jamais beaucoup.

J'allai dans ma chambre et m'assis sur mon lit. La sonnerie du dîner retentit, le match de foot commença à la télé, les douches étaient libres, mais je restai là.

J'aurais pu m'enfuir. J'aurais pu me sortir de tout ça pendant qu'il était encore temps. Mais je n'allai nulle part. Je ne me levai même pas, je restai assis sur le lit, dans la chambre. Je ne bougeai pas. Parce que tout à coup j'avais une sœur, et qu'elle m'avait dit de ne pas bouger.

*
* *

Quatre heures plus tard, j'entendis Edie avant de la voir. Je l'entendis marcher vers ma chambre, et je sentis quelque chose se creuser en moi comme un gouffre. Ses talons claquaient légèrement à côté des pas poussifs, grinçants de Gordon et de Ginny.

Lorsqu'ils entrèrent, elle s'arrêta, et mit ses mains sur sa bouche. Elle resta là, tandis que Ginny, derrière elle, souriait, l'air rayonnant.

Je ne savais pas quelle expression prendre.

Je sentais qu'il y avait une grande inscription lumineuse au-dessus de ma tête qui disait CE N'EST PAS LUI. J'attendais qu'elle le remarque. J'attendais qu'elle dise : « Tu n'es pas mon frère », et je me demandais ce qui allait se passer ensuite. Est-ce que les sirènes se mettraient à hurler ? Est-ce que je fondrais comme de la cire de bougie, en faisant une flaque sur le sol ? Combien de gens me frapperaient ? Où me mettrait-on une fois qu'on saurait ?

Et si elle croyait que j'étais Cassiel ? Si elle me mettait à sa place comme la mauvaise pièce d'un puzzle, qu'arriverait-il alors ? C'était l'hypothèse qui me faisait le plus peur, et celle que je désirais le plus aussi.

Je restai là, attendant qu'elle décide.

Elle gardait les mains sur sa bouche. Son maquillage coulait de ses yeux sur sa peau. Je l'imaginai en train de mettre son mascara ce matin-là, avant de savoir qu'elle allait revoir son frère disparu.

– Dis quelque chose, Cassiel, me souffla Ginny.

Elle m'avait soufflé ça comme si j'étais idiot, comme si j'avais quatre ans. J'aurais voulu la battre.

– Bonjour, Edie, murmurai-je.

Je ne reconnus pas le son de ma voix.

Edie inspira profondément et fit en sorte que Ginny et Gordon nous laissent seuls. Elle n'eut pas besoin de parler, ce furent simplement ses yeux, ses mains qui le leur demandèrent, et ils acceptèrent.

Je restai donc seul avec elle. Et soudain, je compris que le moindre geste que je pouvais faire, la moindre chose, un mot, un regard, pouvaient tout faire sauter, pouvaient hurler, crier comme des damnés que je n'étais pas lui. J'étais une cellule sous un microscope. Elle était l'œil qui voyait tout. Je ne pouvais plus respirer. Je ne pouvais plus bouger. Je la regardai, immobile.

Elle n'était pas telle que je m'y attendais. Elle était beaucoup plus petite que moi, avait les cheveux longs et bruns. De longs cheveux bruns et des yeux bleus débordant d'eau et de lumière, un sourire si triste, que je lui fus reconnaissant de l'avoir vu, comme une fleur rare.

– Parle-moi, dit-elle.

Je me raclai la gorge. J'avais la voix sourde, étouffée.

– De quoi ?

Elle haussa les épaules, regarda de tous côtés, et ne dit plus rien pendant un moment. Elle m'observait. L'interrogation et le soulagement sur son visage me firent tressaillir. C'était comme fixer le soleil.

Au bout d'un moment, elle baissa les yeux et dit :

– Je n'arrive pas à y croire, à réaliser.

Je poussai un soupir. Je me contentai de garder les yeux fixés sur elle. Je ne savais pas quoi faire d'autre.

– C'est vraiment toi ? demanda-t-elle.

J'acquiesçai d'un signe de tête. Ma langue était enflée et sèche dans ma bouche. J'avais besoin de boire de l'eau.

– Dis quelque chose, reprit-elle. Pourquoi tu ne dis rien ?

Parce que j'ai peur. Parce que tu ne me connais pas. Parce que je dirais ce qu'il ne faut pas dire.

– C'est bon de te voir, articulai-je enfin.

– Bon ? réagit-elle. Bon ? Ça fait deux ans, Cass. Tu pourrais trouver mieux que ça.

– Désolé.

– J'ai conduit si vite ! Je me répétais sans arrêt que j'allais avoir un accident. Que j'allais faire un tonneau, mais je ne pouvais pas ralentir. Où étais-tu ? poursuivit-elle. Pourquoi est-ce que tu n'as pas donné de nouvelles ? Mais qu'est-ce qui a bien pu t'arriver ?

Mes lèvres étaient collées l'une contre l'autre. Quelqu'un les avait cousues.

– Tu as tellement changé, reprit-elle.

Je sentis le grain de ma barbe de trois jours sur mon menton. Je frottai mes doigts sur mes joues râpeuses. Je passai ma langue sur mes mauvaises dents.

– Toi aussi.

Est-ce que je pouvais dire ça ? Est-ce que j'avais tort ?

– Tu es si grand !

– Ah bon ?

– Pourquoi es-tu parti ? demanda-t-elle soudain, et sa voix se brisa, submergée par l'angoisse. Pourquoi as-tu fait ça ?

– Je suis désolé.

– J'ai cru que tu étais mort. Les gens racontaient que tu étais mort.

– Je ne suis pas mort.

Elle hocha plusieurs fois la tête, puis son visage se creusa, et elle se mit à pleurer, à pleurer vraiment, avec des larmes et de la morve. Elle n'arrivait plus à reprendre son souffle. Elle restait à l'autre bout de la pièce, et me regardait comme si elle voulait que je la console. Je ne savais pas quoi faire. J'attendis qu'elle arrête de pleurer, mais elle traversa la pièce, marcha droit sur moi et posa la tête contre ma poitrine. Elle pleura, inondant ma chemise.

Je fermai alors les yeux, et respirai doucement.

J'avais une sœur, elle était parfaite, et c'était important, pour elle, que je sois là.

Je pense que je n'avais jamais approché le bonheur d'aussi près. Et je savais que j'irais en enfer, à cause de ça.

Je le sais aujourd'hui encore. Si l'enfer existe, c'est là que j'irai.

V

De temps en temps, j'essayais de convaincre grand-père que nous avions besoin de sortir – d'aller à la ferme d'animation, au marché, ou le long du canal. Il n'en voyait pas l'intérêt. Je pense qu'après s'être réfugié pendant des années dans la poussière jaune des pages de ses livres, il avait autant envie d'affronter la vie réelle que de sauter dans l'eau froide, les pieds lestés de plomb. Ça ne le tentait pas, c'est tout.

Il n'était pas contre le fait que je sorte seul. Il disait que c'était une bonne idée. Il disait :

– Les enfants d'aujourd'hui sont élevés dans du coton, ils n'ont aucune notion du danger, aucun sens de l'orientation.

Il disait :

– Quand j'avais ton âge, je sortais parfois pendant plusieurs jours, avec rien d'autre qu'une boussole et un morceau de ficelle.

Il disait qu'il serait très étonné que je me perde, qu'on me vole, ou que je tombe dans une bouche d'égout.

Il avait raison. Il ne m'arriva rien.

Parfois, cependant, je parvenais à le convaincre de s'habiller et de venir avec moi, simplement parce que j'aimais qu'il soit là, simplement parce qu'il avait besoin d'air frais. Sa peau était terne, et aussi fine que du papier. Ses cheveux ressemblaient à un nuage de fumée. Je lui dis que s'il ne sortait pas au soleil de temps en temps, il se transformerait en page de l'un de ses livres moisis, et que le moindre coup de vent le réduirait en poussière. Je le croyais un peu.

Quand je sortais seul, j'étais rapide et agile. Je pouvais marcher sur des murs, me faufiler dans la foule, marcher, courbé en deux sous des ponts, tenir dans des espaces minuscules, sauter par-dessus les barrières. Grand-père ne marchait pas très bien. Il trébuchait souvent, titubait quelquefois, et oubliait où il allait. Un jour, il tomba dans le canal. Il ne tomba pas vraiment – il était trop près du bord, il marcha directement dans l'eau, comme si c'était ce qu'il avait décidé de faire. Il portait une grosse canadienne, qui devint trop lourde en s'imbibant d'eau, de sorte qu'il n'arrivait plus à sortir du canal. Ce n'était pas profond, ce n'était pas dangereux. C'était drôle. Il restait là, de l'eau sale jusqu'à la poitrine, trempé dans sa veste qui changeait de couleur, passant du jaune sable au noir.

– Allons, viens ! me cria-t-il. L'eau est bonne.

– Non merci, grand-père.

Il me fit un clin d'œil.

– Ça me rappelle mes vacances quand j'étais petit, dit-il en essayant de se hisser hors de l'eau, c'était sur la Côte d'Azur, en France.

Je pense que sa veste pesait plus lourd que lui. Il finit par l'enlever, et sortit en pataugeant, dans son léger costume, un vrai chien mouillé. La canadienne gisait là, sur l'eau, comme un homme couché sur le ventre, les bras étendus de chaque côté, cherchant quelque chose au fond du canal, et se noyant en silence. Il fallut la récupérer avec un bâton.

– Je n'ai jamais aimé cette veste, remarqua grand-père, tandis que nous revenions directement à la maison, en la portant entre nous comme un cadavre.

Il claquait des dents en parlant, tel un vieux squelette. Il ruisselait, comme une tente mouillée. Ses chaussures étaient fichues. Il avait des feuilles dans les cheveux, des feuilles et des crottes de rat.

Nous riions comme des fous.

Je ne savais pas que grand-père était ivre, à l'époque. Ça ne m'était jamais passé par la tête. Quand on est un enfant, on tombe et on se cogne sans arrêt contre les choses. Je n'avais pas compris qu'on est censé ne plus le faire en grandissant.

Ça ne m'aurait pas dérangé, de toute façon. Pour moi, quand il était soûl, grand-père n'était pas moins bien que quand il était sobre. Lorsqu'on aime autant quelqu'un, lorsqu'on n'a personne d'autre, ça n'a pas d'importance.

Je n'ai vu grand-père pleurer qu'une fois, et il n'avait pas bu. On ne le lui avait pas permis. C'était après son accident, quand je suis allé le voir, c'est la seule fois.

Il était si pâle, si las, qu'il paraissait presque inanimé, et j'avais pensé qu'il était en train de disparaître.

Il avait essayé de me parler. Il avait essayé de me dire la vérité, et ses larmes entravaient sans cesse ses mots. De longs sanglots rauques déchiraient sa voix.

Je ne l'avais pas tenu contre moi, comme je tenais Edie. J'étais trop bouleversé.

J'aurais dû le tenir comme je la tenais, elle. J'aurais dû le faire, mais je ne l'avais pas fait.

VI

Soudain, j'étais libre de partir. Edie signa quelques papiers attestant qu'elle était responsable de moi. Elle montra son permis de conduire à Gordon pour prouver qu'elle avait plus de dix-huit ans, et qu'elle était bien la sœur aînée de Cassiel, comme elle le disait.

Elle m'accompagna prendre mes affaires. Je les avais emballées dans mon sac à dos, qui attendait sur mon lit.

Il n'y avait pas grand-chose. Une lampe de poche sans pile, un couteau et une fourchette que j'avais piqués à la cantine, une balle de tennis, un crayon, une plume de martin-pêcheur, un porte-monnaie vide, un vieux cahier, quelques cartes postales, un jean, deux tee-shirts antédiluviens et un sweat trouvé sur une balustrade.

Mon sac à dos, lui, je l'avais trouvé dans une benne, des années auparavant. Il y avait une entaille sur un côté, et une des sangles était cassée, c'est pourquoi il avait été bazardé. Il m'avait suffi de le réparer avec du ruban adhésif, de faire un nœud, et il faisait très bien l'affaire. C'est fou ce qu'on peut trouver, quand on cherche. Des objets en excellent état sont jetés sans arrêt, des objets en excellent état, et des gens, aussi, en excellent état.

– C'est à toi ? demanda-t-elle.

J'acquiesçai d'un signe de tête.

– Qu'est-ce que tu as dedans ?

– Pas grand-chose.

Elle tendit le bras et prit mon sac avant que j'aie le temps de l'arrêter. Je la regardai ouvrir la fermeture Éclair. Je restai tétanisé à l'idée qu'il contienne quelque chose avec mon nom dessus, quelque chose qui n'attendait que ce moment pour me trahir, mais il n'y avait rien. Mes affaires semblaient avoir été lessivées, là, à l'intérieur du sac noir et déchiré. On aurait dit qu'elles avaient été rejetées par la mer.

– Je ne reconnais rien de tout ça, conclut-elle.

Je haussai les épaules.

– Je m'en doute.

Elle sortit la petite plume rayée de bleu.

– Je peux la prendre ? demanda-t-elle.

– Oui.

– C'est drôle, reprit-elle, en caressant du bout des doigts la fine extrémité de la plume.

– Qu'est-ce qui est drôle ?

– Que tu aies disparu et qu'une chose comme celle-là soit restée avec toi pendant tout ce temps.

*
* *

Je marchai avec elle jusqu'à sa voiture, une vieille Peugeot gris métallisé, avec une aile cabossée, et un pneu presque à plat. Des fleurs en plastique étaient suspendues au rétroviseur, et de vieux journaux s'entassaient sur la plage arrière. Ils gonflèrent comme des voiles, et se rabattirent avec un bruit sec lorsque les portes s'ouvrirent puis se refermèrent.

Je me demandai comment Cassiel Roadnight montait en voiture. Je me demandai si ma façon de faire n'allait pas me trahir.

Gordon, Ginny, et quelques-uns de leurs pensionnaires restèrent dans la cour à attendre notre départ, avant de reprendre leurs activités. Personne ne savait quoi dire.

– Bonne chance ! lança Gordon, la tête à moitié passée par la vitre ouverte de la voiture.

J'eus envie de la remonter et de coincer son visage à l'intérieur. J'eus simplement envie de m'en aller.

– Merci du fond du cœur, dit Edie. Je ne sais pas comment vous remercier.

– Fais-nous savoir comment tu vas, me lança Ginny.

Mais elle ne le pensait pas, et elle savait que je ne le ferais pas.

– Bon, dit Edie en regardant ses pieds, puis en levant les yeux vers moi.

Elle démarra et fit tourner la voiture en marche arrière.

– Allons-y !

Après un virage, on s'engagea sur la route, et la maison avec tous ses habitants disparut brusquement, comme si elle n'avait jamais existé. Pendant une seconde, je me dis que j'étais peut-être plus en sécurité là-bas, que j'aurais peut-être mieux fait d'y rester. Pendant une seconde, je souhaitai qu'elle m'y ramène et qu'elle m'y laisse. Maintenant, avant qu'il ne soit trop tard. Maintenant, avant que trop de gens ne souffrent de cette histoire.

La voiture était petite, en désordre, et encombrée d'objets. Un panier renversé avait répandu son contenu sur le plancher, et un grand sac bleu prenait presque toute la place à mes pieds. Il y avait des vêtements partout sur la banquette arrière. Le tableau de bord était couvert de prospectus, de bouts de papier et de tickets de parking. Ça puait l'encens. J'étais assis sur quelque chose. Je passai la main sous mes fesses et en sortis un bout de vieille couverture tricotée, un vrai chiffon, gris de saleté et plein de trous. J'aurais parié qu'elle s'en servait pour nettoyer le pare-brise, si le pare-brise avait jamais été nettoyé. J'étais sur le point de le lâcher, mais l'expression d'Edie m'en empêcha. Je le gardai alors à la main pendant une minute, passai mes doigts à travers ses mailles.

Edie m'observait.

C'était donc si difficile d'être quelqu'un d'autre ? Fallait-il être vigilant à ce point-là ? Combien de temps allais-je encore faire illusion, si le moindre bout de tissu crasseux se révélait être quelque chose de spécial ?

Edie se redressa sur son siège, inspira profondément, sourit à la route.

– J'ai pensé que ça t'aurait manqué, dit-elle. Je sais

bien que tu es trop grand pour ce genre de choses, mais j'ai pensé que ça te ferait sourire.

– Merci.

Je souris sur commande. J'avais l'impression que mon visage se fendait en deux. Je fourrai le chiffon dans mon sac à dos.

C'était bon d'être dans un endroit sans verrous, sans classeurs, sans détergent industriel, et sans une place pour chaque chose. J'observai les mains d'Edie sur le volant. Elle portait une bague en or au petit doigt de la main droite, une autre en argent au majeur de la main gauche. Ses veines étaient apparentes, légèrement bleutées sous sa peau, et ses os fins ondulaient à chaque mouvement. Il faisait chaud dans la voiture, chaud et sec. La soufflerie du chauffage desséchait mes yeux et ma bouche. Pendant qu'elle conduisait, Edie regardait droit devant elle, dans les rétroviseurs, par-dessus son épaule et vers moi.

– Je vais conduire lentement jusqu'à la maison, dit-elle. Je n'ai pas envie d'avoir un accrochage, ni de faire un tonneau avec la voiture.

– D'accord, répondis-je.

En même temps, quelque chose en moi aurait voulu qu'elle coure le risque.

Aucun de nous ne parla pendant un bon bout de temps. Nous ne savions pas quoi dire, et le silence pesait dans la voiture.

Je pensais à l'endroit où nous allions, je me demandais à quoi ça pouvait bien ressembler, et qui serait là à nous attendre. Je me demandais comment diable j'arriverais à m'en sortir. Chaque fois que j'y pensais, j'avais l'impression qu'un vide s'ouvrait en moi, que tout mon corps était creux, comme ça arrive lorsqu'on oublie quelque chose de vital, qu'on a de gros ennuis, qu'on prend conscience de ne plus rien avoir d'autre que des regrets.

– Nous sommes très silencieux, pour des gens qui ont deux ans d'histoires à se raconter, remarqua-t-elle.

J'aimais ça, le silence. Je ne pouvais pas faire d'erreur, en restant silencieux.

– On n'est pas pressés, non ? répondis-je.

– Sans doute pas. Je suppose que nous ne devions pas nous dire grand-chose avant non plus.

Elle voulut changer de vitesse, mais s'y prit mal, et l'embrayage grinça, crissa, jusqu'à ce que la vitesse passe enfin.

– Tu m'as manqué, Cass.

Qu'est-ce que je pouvais répondre à ça ? Je regardai mes pieds. Je regardai par la vitre. Il continuait à lui manquer. Elle n'était pas au bout de ses peines, la pauvre. Elle ne le savait pas, c'est tout.

– Je rêvais souvent de toi, reprit-elle.

Qu'est-ce qu'il aurait bien pu répondre à ça ? Merci ? Désolé ?

– Dans ma tête, tu étais resté le même qu'au moment de ton départ, poursuivit-elle. Je m'attendais à ce que tu sois resté le même. (Elle esquissa un sourire.) Pourtant, ça fait presque deux ans. C'est idiot.

Nous passâmes devant un pub nommé The Homecoming. Il devait faire chaud à l'intérieur, et c'était sûrement bruyant. Je m'imaginais sortant de la voiture et entrant dans le pub, vidant le verre des gens pendant qu'ils avaient le dos tourné. Je vis mon reflet dans la vitrine.

– Je me demande si mam et Frank ont reçu mes messages, dit-elle. Je ne suis pas arrivée à les joindre.

Je ne savais pas de qui elle parlait. Je ne savais vraiment pas quoi répondre.

– Ils ne sont peut-être pas encore au courant, reprit-elle. C'est bizarre, non ?

Je vis qu'elle scrutait mon regard, à la recherche de quelque chose qui n'y était pas. Je clignai des yeux, et elle m'imita.

– Mon Dieu, Cassiel. Je ne peux pas croire que c'est toi.

Je savais exactement ce qu'elle voulait dire, même si elle ne le savait pas.

VII

Imaginez le cottage parfait, tout au bout d'un chemin qui monte et descend à travers bois, puis longe des champs vallonnés. Une clôture en piquets de bois blancs, une terrasse couverte, où poussaient des cognassiers et des roses parfumées, un jardin égayé par le chant des oiseaux et le murmure calme, régulier, d'un ruisseau.

Je ne l'invente pas. Je ne l'ai pas rêvé, ni lu dans un livre. Cet endroit existe. C'est là qu'Edie m'emmenait.

À la maison.

Je fis semblant de m'endormir sur mon siège, à côté d'elle, pour ne pas avoir à chercher de ce qu'il fallait dire. Je laissai mes yeux se fermer peu à peu, et je me recentrai sur moi, j'écoutai. J'écoutai le bruit du moteur et le cliquetis du clignotant, la respiration d'Edie. J'écoutai l'air au-dehors, le vrombissement des autres voitures, et la musique qu'elle mit, avant de baisser le son pour ne pas me réveiller.

J'écoutai lorsqu'elle répondit au téléphone. Il sonna une fois.

La petite voix d'une femme, aiguë, métallique, demanda :

– Est-ce que c'est lui ?

– C'est lui, répondit Edie, et je sentais qu'elle me regardait en le disant. C'est Cass.

– Oh, mon Dieu ! s'exclama la femme. Je n'arrive pas à y croire !

– Il est juste à côté de moi.

– Comment va-t-il ? Il est comment ? En forme ?

– Il dort, dit Edie. Il va très bien. Il est grand.

– Je peux lui parler ?

Edie me donna un coup de coude. Je bougeai sur mon siège et m'étirai. Elle me redonna un coup de coude, plus fort. J'ouvris les yeux, et regardai défiler les immeubles, les réverbères, les arbres. Ils ne savaient pas, eux, dans quel terrible mensonge je m'enfonçais, ça leur était bien égal.

Edie me tendit son portable comme si elle me posait une question. J'eus un mouvement de recul. Je fis non de la tête. Elle me le tendit de nouveau, l'air insistant. Elle me le mit dans la main.

– C'est mam.

– Allô ? dis-je.

Un souffle vibra dans le portable d'Edie, précipité, irrégulier, comme celui d'un coureur de fond, ou d'un chien malade.

Il y eut un silence.

– Allô ?

– Qui est-ce ? demanda-t-elle. C'est toi ?

Elle avait entendu le mensonge dans ma voix. N'importe quelle mère l'aurait entendu. Elle saurait immédiatement. Je parlai loin du téléphone, pour qu'elle n'entende pas très bien.

– Oui, c'est moi.

Elle se mit alors à pleurer, exactement comme l'avait fait Edie. Le même petit bruit, et le sentiment de vide qui m'envahit en l'écoutant. Je regardai Edie. Je lui rendis son portable.

– Mam, dit-elle. C'est fini. Il arrive à la maison.

Rien. D'autres sanglots. Je crus l'entendre demander :

– Tu es sûre ?

– Il faut que je raccroche. On sera là dans deux heures à peu près.

Edie laissa le portable tomber sur ses genoux.

– Ça va ? me demanda-t-elle.

J'essayai de garder les yeux sur le ruban gris de la route devant moi. J'aimais la façon dont j'étais obligé de les bouger pour pouvoir continuer à regarder au même endroit.

– Je vais bien, répondis-je.

Je voulais découvrir où nous allions. J'aurais voulu demander combien de temps ça prendrait, mais je ne pouvais pas. J'étais censé le savoir.

– À quoi penses-tu ? demanda-t-elle.

Je déteste cette question. Si on pense à quelque chose, c'est qu'on veut le garder pour soi. Si on avait voulu que quelqu'un d'autre le sache, on en aurait parlé.

– À la maison.

Elle se redressa sur son siège, ramena une mèche de cheveux derrière son oreille.

– Il faut que je te dise quelque chose, annonça-t-elle.

– Quoi ?

– Ça ne va pas te plaire.

– Bon.

Elle me jeta un coup d'œil. Ses mots se précipitèrent.

– Ne te mets pas en colère, s'il te plaît. Ne le prends pas mal. Frank nous a acheté une maison. Nous avons déménagé.

Je ne le pris pas mal. Pour moi, c'était une bonne nouvelle. Pour moi, c'était un cadeau.

Edie se tenait loin de moi, attendant ma réaction. Je ne savais pas si c'était moi qui la rendais nerveuse, ou son frère ; la personne qu'elle ne connaissait pas ou celle qu'elle connaissait.

Cassiel avait disparu. Sa famille n'était-elle pas censée l'attendre ? Ses proches n'étaient-ils pas censés être là quand il reviendrait ? Je l'imaginais faisant le voyage jusque-là, frappant à la porte d'une maison remplie d'inconnus, se sentant doublement abandonné. Cassiel n'aurait pas aimé ça.

– C'est dur, dis-je, en hochant la tête.

– Ce n'est pas venu de moi, murmura-t-elle, regardant obstinément ses rétroviseurs, et la route devant elle.

– Qui a eu cette idée ?

À m'entendre, je semblais vraiment ébranlé. Je m'étonnai de ma propre hypocrisie.

– C’est Frank, dit-elle avec précipitation. Il a pensé que ce serait mieux pour mam, tu comprends. Pour qu’elle pense à autre chose.

– Oui.

– C’était la maison de ses rêves. Tu te rappelles, celle devant laquelle on passait toujours pour aller jusqu’au terrain communal ? Elle était à vendre, Frank s’est bien débrouillé, et…

– C’est gentil de sa part, dis-je.

Qui pouvait bien être Frank ? Un oncle riche ? Leur père ? Le copain de leur mère ?

– Oui, acquiesça Edie en souriant, c’est vrai.

Elle posa sa main sur la mienne, et nous continuâmes de rouler un moment comme ça, moi qui regardais nos mains, et elle qui regardait la route.

– J’ai cru que tu serais en colère, dit-elle.

– Tu veux que je le sois ?

– Oh non ! Je pensais que tu le serais, c’est tout. Tu en avais le droit.

Cela me fit sourire, l’idée que j’avais droit à quelque chose.

– C’est fait, maintenant, dis-je. Je ne vois pas à quoi ça servirait.

Je fermai de nouveau les yeux et dormis pour de bon pendant un certain temps. Je rêvai que je contemplais mon visage dans le miroir. Je me demandais comment j’en étais arrivé à avoir cette tête-là.

Ce fut l’arrêt du moteur qui me réveilla, l’absence de

bruit, puis la portière d'Edie qui claquait. J'ouvris les yeux, seul sur un chemin poussiéreux, en pleine campagne. La nuit tombait. C'était irréel, j'avais l'impression de m'éveiller d'un rêve pour plonger dans un autre. Je n'avais jamais été dans un espace aussi grand. Le vent soufflait sur la terre, et droit sur moi, maintenant qu'il avait une cible. Je l'entendais chanter à travers, par-dessus et par-dessous la voiture. Pendant une fraction de seconde, je me demandai si Edie ne m'avait pas laissé là, si elle ne s'était pas aperçue de l'imposture, et si elle ne m'avait pas abandonné. Puis j'entendis le grincement d'un portail, et elle revint, marchant à grands pas dans cet espace vide, ouvrant et refermant la portière, faisant entrer un peu de vent et d'odeur d'herbe froide dans la voiture.

– Bienvenue à la maison, Cass, dit-elle.

La voiture franchit le portail ouvert en cahotant, puis passa rapidement dans la boue humide, et les traces creusées par les tracteurs. Edie sortit de nouveau pour refermer le portail. La plaine verte se rétrécit pour former un chemin bordé d'arbres, et c'était là. La maison dont la mère de Cassiel avait toujours rêvé. Il y avait de la lumière au rez-de-chaussée, qui se diffusait, douce et jaune, dans l'air. Edie klaxonna deux fois, et la porte d'entrée s'ouvrit brusquement. Je dus attendre que la lumière de la terrasse s'allume pour la voir vraiment, une mince silhouette sombre fouettée par le vent, une version plus âgée d'Edie, aussi petite, aussi fragile d'apparence. Elle porta les mains à sa bouche, exactement comme Edie l'avait fait en me voyant. Puis elle se mit à sauter et à faire de grands gestes, ses cris s'évanouissant dans le vent. Elle courut vers la voiture. Je la regardai s'approcher comme une tornade, comme de l'eau. Il était impossible de lui échapper.

Edie me regarda fixement.

– Qu'est-ce qui ne va pas ? me demanda-t-elle. On dirait que tu vas te sentir mal.

– Rien.

– Tu as peur. Peur de quoi ?

Je n'eus pas le temps de répondre. La mère de Cassiel arrivait sur nous, sur moi. Elle ouvrit brusquement la portière des deux mains. Le vent me prit par les cheveux et m'assourdit, elle essaya alors de m'extraire de la voiture en me tirant par le bras, tout en se jetant sur moi.

J'entendis Edie sortir de l'autre côté, libre, et sans se faire remarquer, comme si elle était devenue invisible, comme si elle n'était pas là. Je me vis soudain de l'extérieur, dans cet endroit boueux, battu par le vent, en train de me faire passer pour le fils de cette femme. Je n'arrivais plus à respirer.

Comment ne saurait-elle pas ? Comment ne saurait-elle pas dès qu'elle me toucherait ?

La mère de Cassiel avait des bracelets qui cliquetaient, tintaient, et ses ongles étaient tellement rongés que je détournai les yeux, ne supportant pas de les voir. J'essayai de sortir de la voiture, tandis qu'elle se cramponnait toujours à moi. J'essayai de me lever.

– Mon fils, dit-elle, et elle m'attira au creux de son cou, mon front sur son épaule, mon dos courbé comme une faux.

Ses vêtements étaient imprégnés de la chaleur de la maison, d'une odeur de chien, de bûches dans la cheminée, de cuisine, de fumée de cigarette. Je sentis son souffle, léger, faible, comme si elle était épuisée d'avoir dû respirer tant d'années. Elle rit dans mes cheveux, et me serra dans ses bras minces. Son haleine sentait les fleurs et la cendre.

J'enregistrai tout dans un coin vide de mon cerveau. Ça faisait donc cette impression-là, d'avoir une maman.

La mère de Cassiel recula et me regarda. Un regard fou et triomphant avec, au centre de sa pupille sombre, quelque chose comme de la peur. J'essayai de ne pas lui montrer à quel point j'étais effrayé. J'entendais le compte à rebours dans ma tête qui allait se terminer par son cri de déception.

Le cri ne venait pas. J'étais arrivé à zéro, et elle ne l'avait pas poussé.

– Je n'aurais jamais pensé te revoir un jour, dit-elle en secouant la tête, la voix noyée par les larmes qui menaçaient de couler. Je n'aurais jamais pensé te revoir.

Elle m'attrapa par ma chemise, ma chemise raccommodée, qui venait d'une organisation caritative, comme si sa main avait voulu la traverser.

– Tu es vraiment là, murmura-t-elle.

– Oui.

– Tu es revenu.

– Oui.

Je ne sais pas combien de temps on resta là, dans cet air humide, glacé. Elle se balançait doucement, comme si elle berçait un bébé, mais c'était moi qui la tenais, je crois. Edie était rentrée dans la maison. Un chien sortit sur la terrasse, flaira l'air, étira ses pattes arrière, puis rentra à son tour. Ma portière était restée ouverte, et la lumière était allumée dans la voiture. Je m'inquiétai un instant pour la batterie. Les arbres fouettaient sauvagement la maison, comme s'ils savaient qu'il y avait de quoi être en colère, comme s'ils savaient que quelque chose de mal se passait là. Je leur jetai un regard noir, et ils me fouettèrent sauvagement, moi aussi.

Lorsque le téléphone sonna à l'intérieur de la maison, la mère de Cassiel sursauta, comme si elle s'était endormie, comme si elle était à des kilomètres de là où nous nous trouvions.

– C'est sûrement Frank.

Elle sécha ses larmes et ramena ses cheveux en arrière, comme si ce Frank – je ne savais toujours pas qui c'était – pouvait la voir.

– Rentrons, dit-elle. Allons parler à Frank.

Elle me prit par la main pour marcher à côté de moi, mais lorsque je fis demi-tour pour prendre mon sac et fermer la portière de la voiture, elle ne m'attendit pas. Elle continua vers la maison, et me laissa là un moment, seul dans le vent et dans l'obscurité.

Dans la maison, il faisait chaud, ça sentait la cannelle, les oignons et la fumée de feu de bois. Sous l'odeur de la fumée, il y avait quelque chose d'un peu écœurant, d'avarié, comme un relent d'ordures, de pourriture.

L'éclairage était terriblement cru. Je sentais la lumière tomber sur chaque trait, chaque creux de mon visage, qui étaient différents de ceux de Cassiel. Je sentais ma physionomie changer, surgir, hideuse, dans son étrangeté. Je vis mon reflet dans le miroir. C'était moi, pas lui. N'était-ce pas évident ?

Edie et sa mère ne regardaient pas, pas vraiment. Il était impossible qu'elles ne s'aperçoivent de rien. Mais elles pouvaient le faire à tout moment. Je restai immobile, attendant que ce moment arrive.

J'observai ce qui m'entourait, la cuisine aux murs sombres, basse de plafond, avec un sol d'ardoise noir, des placards rouge sang, une vieille cuisinière en fonte qui chauffait la pièce, et au milieu une longue table en bois ciré. Un canapé déchiré, en désordre, adossé au mur, était couvert de vieux coussins en velours, qui pendant un bref instant me firent penser à grand-père.

Le chien était couché dans son panier dans un coin. Il ne se leva pas. Il nous jeta un coup d'œil et remua paresseusement la queue, balayant bruyamment le sol. C'était un vieux bâtard, maigre et nerveux, au poil rêche et grisonnant. Je lui grattai le cou, et lus le nom de Sergent sur son collier. Il se retourna sur le dos et exposa son ventre rose, renversant la tête dans un large sourire.

La mère de Cassiel avait le teint rougi par l'air froid, et les articulations de ses mains ressortaient, toutes blanches, quand elle prit le téléphone.

– Est-ce que c'est Frank ? demandai-je.

Edie acquiesça d'un signe de tête.

– Il vient d'avoir nos messages.

La mère de Cassiel me tendit le récepteur.

– Cass, dit-elle. Viens parler à Frank. Que ton grand frère entende ta voix.

Je lui pris le téléphone des mains, et elle me caressa le côté du visage. Je la regardai dans les yeux. J'attendais qu'elle remarque.

– Allô, Frank, dis-je, tout en restant immobile, consentant sous ses caresses.

Frank fumait. J'entendis le bruit humide qu'il faisait en tirant sur sa cigarette, son aspiration rauque. Il rit, et je me représentai sa bouche, avec toute la fumée qui en sortait.

– Cass, dit-il. Tu es à la maison.

Il avait une voix basse et chaleureuse.

– Oui, répondis-je.

Il paraissait calme et sûr de lui. J'aimais le son de sa voix.

– J'ai hâte de te voir, dit-il.

– Moi aussi.

– Je viens directement à la maison.

– Quand ? Ce soir ?

– Demain matin.

– OK. Super ! Merci.

Serait-il celui qui s'en apercevrait ? Regarderait-il son frère et verrait-il le mensonge sous les apparences ?

– C'est un miracle, Cass, dit Frank, la bouche si près du téléphone que ses lèvres frottaient contre le micro pendant qu'il parlait, et que ça m'écorchait les oreilles.

– Pas vraiment.

– Si, crois-moi, insistait Frank, tu es un vrai miracle.

La mère de Cassiel tendait la main vers le récepteur.

– Mam veut te parler, dis-je.

– Non. Explique à Helen que je dois y aller, répondit-il. Je la verrai demain.

– D'accord.

– Cass, reprit-il.

– Oui ?

– Bienvenue à la maison.

Il raccrocha. Je restai un instant au téléphone, écoutant la ligne sans personne au bout.

Maintenant, j'avais aussi un grand frère.

Helen. La mère de Cassiel s'appelait Helen. Est-ce que Cassiel l'appelait par son prénom ? Ou est-ce qu'il l'appelait maman ? Mam ? Elle se tenait si près de moi. Elle aurait pu compter mes cils de là où elle était. Elle ne paraissait pas remarquer mes cicatrices, les trous que j'avais percés dans mes oreilles, les milliers d'autres différences qui devaient exister. Elle ne me voyait donc pas ?

– Il a raccroché, dis-je.

Ses yeux dérivèrent légèrement, tout en restant fixés sur moi. Je les regardai s'éloigner. Je les regardai perdre leur intensité, devenir flous, puis revenir, ses pupilles perdues dans un bleu nébuleux, trouble, vide. La mère de Cassiel était complètement dans les vapes. Elle ne me voyait pas du tout.

Edie m'observait. Je me demandai si elle voyait la stupéfaction sur mon visage. Je me demandai si j'étais censé savoir.

Helen s'assit à table, sourit dans le vague, commença à se rouler une cigarette.

Edie prit mon sac et ouvrit la porte qui donnait sur un couloir sombre.

– Tu viens ? me demanda-t-elle.

– Où ? demanda Helen.

– Je vais lui faire visiter la maison. Il ne sait pas où sont les choses, ici.

Elles parlaient de Cassiel, alors même que je me tenais devant elles. Je suppose que c'est ce qu'elles avaient l'habitude de faire, de parler de Cassiel en son absence. Je pense que ça leur convenait, d'une certaine façon.

Edie leva les yeux vers moi.

– Ça te dit ?

– Oui, répondis-je. Oui, je veux bien.

Dans le couloir sombre elle ouvrit une porte qui donnait sur l'escalier. Elle tenait mon sac par une sangle, et elle le posa sur la première marche. La rampe était en bois peint d'un bleu-gris pâle. Les marches étaient couvertes de moutons de poussière qui semblaient danser avec des miettes, des bouts de papier et des brins de tabac.

– Est-ce que la cuisine t'a plu ? me demanda-t-elle.

– C'est chouette, répondis-je. C'est joli.

Elle sourit. Ses dents et le blanc de ses yeux brillaient comme de la pierre dans la pénombre.

– Ce ne sont pas des mots que j'ai l'habitude d'entendre dans ta bouche.

Fallait-il que je sois prudent à ce point ? Est-ce que les mots « chouette » ou « joli » allaient me trahir ? J'essayais d'être un bon garçon. J'essayais simplement d'être comme lui.

– Qu'est-ce qu'il y a, là ? demandai-je, en me dirigeant vers une petite pièce, à ma droite, encombrée de bottes, de vestes, et d'un tas de boîtes.

– Pas grand-chose, dit Edie en se retournant, et en ouvrant une porte de l'autre côté. Voilà le salon.

Il y avait une grande cheminée basse, un chandelier en verre, trois fauteuils défoncés, et un épais tapis sur le sol. Il y faisait froid.

– Nous ne venons presque jamais dans le salon, dit Edie. On est mieux dans la cuisine.

Elle m'emmena au premier étage. Elle ferma la porte de l'escalier derrière nous. Sa voix résonna entre les murs étroits.

– Pourquoi est-ce que tu as eu l'air si étonné ? demanda-t-elle.

– Quand ?

– Quand tu as regardé maman.

J'essayai de réfléchir.

– Tu trouves que ça s'est aggravé ? reprit Edie.

Je haussai les épaules.

– Difficile à dire.

– Elle se les procure sur Internet, maintenant, expliqua Edie.

– Quoi ?

– Du Valium. Du Diazepam. Je ne sais quoi encore. Le médecin ne lui en donnait plus assez. Il voulait qu'elle arrête.

– Peut-être qu'elle devrait.

Edie me lança un regard dur.

– Ce n'est pas ce que tu pensais avant.

Aïe !

– Ah bon ?

Elle prit le dernier tournant de l'escalier.

– Comment tu appelais ça, déjà ? Les « gérants de maman ».

J'essayai de sourire.

– Ah oui.

– Comme ça l'assomme à moitié, elle ne s'occupe pas de ce que vous fabriquez. Ça ne te rappelle rien ?

Il faisait encore plus froid ici, et nos pieds s'engourdissaient sur le parquet.

– Frank et toi, tous les deux, dit-elle. Il n'y en a pas un pour rattraper l'autre.

La porte de la chambre de Cassiel était la troisième sur la droite, après celle de Frank et la salle de bains. Celles d'Helen et d'Edie étaient de l'autre côté du couloir.

Me précédant, Edie entra nonchalamment dans la chambre de Cassiel, comme si ça n'avait aucune importance. De la poussière voletait dans la lumière de la lampe qui pendait au plafond. Je me dis que j'étais en train de la respirer. Je l'imaginais, tourbillonnant à l'intérieur de mon nez, de ma bouche, de ma gorge, de mes poumons.

Je m'arrêtai dans le couloir, en ayant l'impression que l'air lui-même me repoussait. Ce n'était pas ma chambre. Ce n'étaient pas les affaires que j'avais l'habitude d'avoir sous la main.

– Qu'est-ce qu'il y a ? demanda Edie.

J'observai la pièce, derrière elle.

– Rien.

– Tu trouves que c'est différent ? J'ai essayé de faire exactement pareil que dans ton ancienne chambre.

– Je regarde, c'est tout.

La poussière se mit à tourbillonner plus vite, plus intensément autour de moi, quand je pénétrai dans la pièce, comme si elle était en colère. Sa mère me serrait dans ses bras, sa sœur me demandait d'entrer. Et pourtant, même la poussière de la chambre de Cassiel savait que je n'étais pas lui.

– C'est mieux rangé, dit-elle. Tu dois t'en apercevoir.

Je regardai les affaires de Cassiel. Je fis le tour de la chambre, prenant des choses, les touchant, ouvrant des tiroirs. Un miroir avec une pomme imprimée dessus, un petit tambour en peau, la photo de deux joueurs de banjo dans un petit cadre en métal. Un livre sur la fabrication de masques, un carton à dessin, un skateboard. Une pile de cartes postales, un ordinateur portable, l'affiche d'un film dont je n'avais jamais entendu parler. Des vêtements lavés, repassés, pliés, qui attendaient que quelqu'un les porte depuis deux années entières. Ils étaient beaucoup trop petits pour moi. Il n'aurait jamais pu les mettre, maintenant.

J'imaginai Cassiel, quelque part, en train de m'observer depuis un rêve éveillé, un banc dans un parc, une cachette, le paradis ou l'enfer, ou encore une simple tombe froide, qui sait.

Je me demandai à quel point il me détesterait pour ce que j'étais en train de faire.

Je me demandai quand il viendrait me chercher.

– Ça fait drôle, non ? demanda-t-elle.

– Un peu.

– Oui, j'ai cette phrase qui tourne dans ma tête. *Mon petit frère est à la maison.*

Elle l'avait dit comme une annonce dans le haut-parleur d'une gare.

– *Mon petit frère est à la maison, dans sa chambre.*

Non, disait la phrase dans ma tête. *Non, il n'y est pas.*

– Elle te plaît, ta chambre, elle te va ?

Je ne répondis pas. Edie ne le remarqua pas.

– Elle est plus grande que l'ancienne, non ? reprit-elle. Est-ce que tu aimes la couleur ? C'est du gris électrique, ou quelque chose comme ça. Mam trouvait que c'était terne. Moi, j'aime bien.

Je souris.

– Tu détestes ça, dit-elle.

– Non.

Helen monta l'escalier et frappa à la porte ouverte. Edie reporta un instant son regard sur sa mère.

– Tu es si grand ! s'exclama Helen.

– Vraiment ?

– J'avais oublié que tu avais deux ans de plus.

Elle se pencha dans l'embrasure de la porte. Elle croisa les bras sur sa poitrine, et me regarda.

– J'ai eu la même réaction, dit Edie. C'est comme si tu avais grandi en cinq minutes.

Helen approuva d'un signe de tête.

– Ça fait beaucoup de choses à assimiler.

Lorsqu'elle cligna des yeux, elle le fit lentement, comme si elle avait désiré les garder fermés.

– Où étais-tu, Cassiel ?

– Qu'est-ce qui s'est passé ? Raconte-nous ce qui s'est passé.

Elles avaient parlé presque en même temps. Elles n'étaient plus qu'une même interrogation. Je ne pouvais pas leur répondre. Mon masque était aussi fin que du papier à cigarettes. Je ne savais pas qui était Cassiel Roadnight, ni ce qu'il aurait dit. Si je parlais, mon masque tomberait, me découvrant tapi derrière, pourri jusqu'à la moelle.

– Pas maintenant, dis-je.

– Quand ? demanda Edie.

– Laisse-le, ma chérie, intervint Helen.

Le silence s'installa, l'atmosphère était tendue comme avant un affrontement. Je nous entendais respirer. Je m'interrogeai sur la longueur des respirations de Cassiel, sur le nombre de fois où son cœur battait à la minute.

– Est-ce que tu as faim ? me demanda Helen.

J'aurais dû. Je crois que je n'avais pas mangé depuis qu'Edie avait appelé. Mais je n'avais pas faim. Mon estomac était comme un poing fermé. J'avais trop de choses dans la tête. Trop de choses qui pouvaient mal tourner.

Cassiel aurait eu de l'appétit. Il aurait été détendu, affamé, et fatigué. Cassiel aurait été chez lui.

– Je crois, dis-je.

– Bon ! Allons manger.

Elles quittèrent la chambre avant moi, et je les entendis passer sur le palier, puis descendre l'escalier. Je m'arrêtai à la porte, et me retournai pour contempler de nouveau sa chambre. La poussière dansait toujours frénétiquement sous la lumière de l'ampoule. Je l'éteignis.

Elle disparut, c'était aussi simple que ça.

VIII

Je n'avais jamais mangé de viande de ma vie avant de devenir Cassiel Roadnight. Pas une fois.

Selon grand-père, être végétarien n'était pas seulement une question de santé, de cruauté, d'argent ou de goût, c'était aussi une question de manières. Il disait que voler du lait, des œufs et du miel, c'était déjà prendre beaucoup de libertés, et que nous n'avions pas besoin d'arracher la cuisse de quelqu'un et de la noyer ensuite dans de la sauce. Il n'avait pas tort.

Il m'avait enseigné à faire la cuisine. Il avait confiance, et me laissait toucher aux couteaux les plus pointus et aux casseroles d'eau bouillante. Nous mangions du riz, des haricots et des légumes. Nous mangions beaucoup de curry. Nous mangions comme des rois.

C'est ce que grand-père disait.

Après son accident, quand je n'ai plus eu le droit de le voir, on a essayé de me faire avaler de la viande. On a mis des choses desséchées, ratatinées, puantes dans mon assiette, et on m'a prévenu que, si je ne les mangeais pas, j'aurais des ennuis. On m'a répété que c'était bon pour moi.

Ces gens-là n'avaient pas la moindre idée de ce qui était bon pour moi.

Je le leur ai dit. Je le leur ai crié à la figure. J'ai dit que je ne mangeais pas de viande. J'ai dit que je voulais mon grand-père. Je leur ai jeté ma nourriture au visage. Je l'ai jetée sur les murs, sur les fenêtres, sur eux. Je l'ai jetée partout où elle voulait bien atterrir. Je n'ai pas mangé leur viande. Je ne l'ai pas fait.

J'aurais préféré crever de faim.

Le plat préféré de Cassiel était les boulettes. Helen en mit une pleine assiettée devant moi, et il était clair, d'après son expression, qu'à la vue des boulettes j'étais censé avoir l'air à la fois ravi et nostalgique.

– Des boulettes ! m'exclamai-je. Merci.

– Combien de fois nous en avons parlé, hein, mam ? dit Edie. Cass assis là, en train de dîner, comme ça.

Helen hocha la tête.

– Je ne sais pas, répondit-elle, des centaines de fois.

Je coupai un morceau de boulette, que je trempai dans la sauce. J'essayai de ne rien laisser paraître. J'essayai de sourire et de ne pas grimacer, j'essayai de fermer les yeux, l'air extasié et non pas paniqué, j'essayai d'avaler et de ne pas avoir de haut-le-cœur. Elles ne me quittaient pas des yeux.

– Délicieux, dis-je, la bouche pleine.

Ça avait un goût de sel, de merde, c'était plein de nerfs.

– C'est aussi bon que dans ton souvenir ?

– Meilleur.

J'en finis deux. Je bus beaucoup d'eau. Je les coupai en petits morceaux, encore seize à avaler, quatorze, huit, un. Je demandai pardon dans ma tête à grand-père, au veau, au porc, au mélange de créatures que j'étais en train de manger. Je posai mon couteau et ma fourchette alors qu'il y en avait encore quatre qui nageaient dans mon assiette.

– Qu'est-ce qui ne va pas ? demanda Helen.

– Ça ne te ressemble pas, ajouta Edie.

– Je n'ai pas mangé autant depuis longtemps, dis-je. Mon estomac n'est pas à la hauteur.

J'autorisai Cassiel, où qu'il fût, à marquer un point contre moi. Je me dis que ce n'était pas grave. Je me rappelai que je n'avais pas eu le choix.

Ainsi, je n'étais plus végétarien. Je n'étais plus moi-même non plus.

Quand on est en fuite, quand on passe sans cesse d'un endroit à l'autre, jour après jour, il est difficile de se regarder manger. On vole. On fouille les poubelles, et on essaie de ne pas se voir en train de le faire. On essaie de ne pas y penser. On repère le moment où les magasins déposent leurs ordures, et les soirs les plus intéressants, où il y a le plus de déchets. On compte sur le gâchis des autres.

Finir ce que vous êtes en train de manger ? Non, ne le faites pas, car quelqu'un qui vous observe du dehors pourrait avoir besoin des restes.

Après les boulettes, il y avait de la glace. Je la laissai fondre dans ma bouche, puis glisser, riche et trop sucrée, dans ma gorge. Je le fis sans y penser.

– Pourquoi est-ce que tu la manges toujours de cette façon ? dit Edie. C'est grossier.

C'était drôle d'avoir ça en commun avec Cassiel – notre façon de manger une glace.

– Où est-ce que tu étais ? À Londres ? À Bristol ? À Manchester ? Où ? demanda Edie.

– Il est fatigué, intervint Helen, en posant sa main fraîche sur mon front.

– C'était dur ? Tu vivais dans la rue ?

Qu'est-ce que je pouvais répondre ? C'était presque évident. Quand on s'enfuit de chez soi à quatorze ans, on finit rarement dans la suite d'un palace.

– De temps en temps, dis-je.

Helen hocha tristement la tête.

– Et tu préférais être dans la rue plutôt qu'ici ? (Elle regarda Edie, puis moi.) Je ne comprends pas.

– Moi non plus, renchérit Edie. Quand on y pense.

Je me sentais lourd, cette nourriture riche et étrange me pesait sur l'estomac. J'écoutais le bruit de leurs cuillers, je les entendais avaler doucement.

– Pourquoi es-tu parti ? me demanda Edie.

Je fixai son assiette, uniquement son assiette.

– Je ne savais pas quoi faire d'autre.

– Je ne te crois pas, répliqua-t-elle.

Je répondis doucement, sans hausser le ton :

– Tu n'es pas obligée.

– Qu'est-ce qui était donc si terrible ? demanda Helen. Qu'est-ce qui était si insupportable que tu veuilles partir ?

Je ne répondis pas.

– Tu n'aurais pas dû nous punir tous, comme ça, dit Edie.

– D'après Frank, tu avais des ennuis, reprit Helen. Il s'est fait du souci pour toi.

– Je ne comprends pas pourquoi tu n'as jamais appelé, dit Edie. Je ne comprendrai jamais pourquoi tu nous as tous laissés croire que tu étais mort.

Et si je m'excusais ? Est-ce que ça irait ? Est-ce que Cassiel se serait excusé ? J'avais envie de le faire.

Edie ne pouvait plus s'arrêter.

– Tu n'as pas pensé à ce que ça nous ferait ? lança-t-elle. Ça ne t'a pas traversé l'esprit ?

– Tu n'en sais rien, Edie, répliqua Helen.

– Si, mam, je le sais. Je le connais mieux que toi. J'ai raison, hein, Cassiel ?

– Je ne sais pas.

– J'ai raison, et tu le sais très bien. Je ne te le pardonnerai jamais.

– Tu as déclaré, dans le truc des personnes disparues, que tu n'abandonnerais jamais, répondis-je. Tu n'as pas dit que tu ne pardonnerais jamais.

Je regrettai aussitôt d'avoir parlé. Pendant le silence qui suivit, je craignis d'avoir fait une erreur.

– Tu n'as pas rendu les choses faciles, dit Edie.

Helen commença à débarrasser la table. Je me levai pour l'aider.

– Assieds-toi, dis-je en posant la main sur son épaule. Je m'en occupe.

– Bien joué, ironisa Edie. Tu t'en vas pendant deux ans, puis tu reviens sur la pointe des pieds, tout doux, tout gentil, tout serviable, comme si on allait être dupes.

J'empilai les bols le plus délicatement possible.

– Pour qui donc essaies-tu de te faire passer, Cassiel Roadnight ?

– Laisse-le tranquille, intervint Helen. Ça suffit.

– Je suis désolé, Edie, je suis désolé, mam.

Edie grogna.

Helen me regarda, et je souris.

– Tes yeux ont changé de couleur, remarqua-t-elle.

Elle fut surprise elle-même de se l'entendre dire.

Je ne bougeai pas. Edie repoussa la glace devant elle et se pencha vers moi.

– Non, je ne trouve pas.

– Si, reprit Helen. Ils sont différents. Comment est-ce possible ?

C'est possible parce que je ne suis pas lui. Parce que je n'en suis qu'une copie grotesque. Parce que je suis un coucou dans un nid qui n'est pas le sien.

– Ce n'est pas possible, déclara Edie. C'est tout.

– Regarde-moi, me demanda Helen.

Je ne voulais pas. Je ne voulais pas qu'elle me voie.

– Je suis déjà en train de te regarder.

- Tes yeux étaient bleus, affirma-t-elle.

– Ils sont bleus.

– Ils ont changé, insista Helen. Ce n'est pas le même bleu. Ils sont plus foncés.

J'attendis qu'elles se rendent compte toutes les deux. J'attendis que l'horreur se peigne sur leur visage. Je savais que la mère de Cassiel verrait.

– Ouais, d'accord, marmonna Edie. Et tu peux compter mes doigts, quand je les lève ?

– Comment ? dit Helen.

– Tu ne t'en souviens pas bien. C'est tout.

– Si, répliqua Helen. Je sais comment sont les yeux de mon fils.

Les larmes montèrent soudain aux siens. Je ne pouvais pas supporter de voir la mère de Cassiel si détruite, si bouleversée, alors qu'elle avait entièrement raison. Ça faisait mal. Et c'était ma faute.

– Vous croyez que je ne saurais pas reconnaître mon propre fils ? s'écria-t-elle sans s'adresser à aucun de nous en particulier.

Je passai mon bras autour de ses épaules.

– Ne t'inquiète pas, mam, tout va bien, assurai-je, et pourtant ce n'était pas vrai, si elle avait su la vérité, elle aurait poussé un hurlement dès que j'aurais essayé de la toucher.

– Il faut que j'aille me coucher, murmura-t-elle. Tout d'un coup, je suis terriblement fatiguée.

– Les tranquillisants arrangeront ça, décréta Edie.

– Arrête, Edie ! lançai-je, sans réfléchir.

Elle resta bouche bée. Stupéfaite. Je savais ce que son expression signifiait. Je savais qu'elle pensait que Cassiel n'aurait jamais dit ça.

Helen me prit la main, et la regarda comme si elle ne l'avait jamais vue auparavant. Elle la garda entre les siennes jusqu'à ce que je m'éloigne, jusqu'à ce qu'elle doive la lâcher.

Elle me donna un baiser sur la joue, frais et léger.

– Bonne nuit, Edie. Bonne nuit, Cassiel, dit-elle, en arrivant au milieu de l'escalier. Dormez bien.

J'essayai d'éviter de regarder Edie. Je lavai la vaisselle, essuyai la table, et me donnai beaucoup de mal pour trouver où il fallait ranger chaque chose.

Pendant ce temps-là, elle m'observait. Je sentais qu'elle m'observait. Je m'observai moi-même à travers son regard. Je devins conscient de chacun de mes gestes, de chaque petit bruit, comme si j'allais me trahir à la prochaine occasion.

Quand j'eus terminé, je restai un instant indécis, ne sachant plus que faire. Je me rassis.

– Tu ne m'auras pas, dit-elle.

Elle sait, pensai-je. C'est déjà fini. Je m'efforçai de prendre l'expression la plus neutre possible. Je m'efforçai de ne rien laisser transparaître. Je continuai de faire semblant.

– Je n'essaie pas de t'avoir, répliquai-je.

– Je n'ai pas oublié qui tu es vraiment, reprit-elle. Il faudrait plus de deux ans pour oublier ça.

– Alors dis-moi à quoi je ressemble. C'est peut-être moi qui ai oublié.

Edie se mit à compter mes défauts sur ses doigts, brutalement, son jugement tombant comme un couperet. Je ne m'y attendais pas. Je ne m'attendais pas à cette brusque colère.

– Égoïste, commença-t-elle. Grossier. Arrogant. Jamais serviable. Mauvais caractère. Agressif. Cachottier. Cupide.

Elle s'arrêta.

– Ça fait combien ?

– C'est suffisant, répondis-je. Je vois à quel point je t'ai manqué.

– Je me demande simplement combien de temps ça va durer, dit-elle.

Moi aussi, je me le demandais.

– Aussi longtemps que j'y arriverai.

Elle sourit. Son visage et ses épaules perdirent de leur raideur, se détendirent un peu.

– J'aime plutôt ça, finalement, dit-elle.

– Quoi ?

– La nouvelle version améliorée de Cassiel, le Super Gentil. Aimable avec sa mère, serviable à la cuisine.

– Oh.

– Et dans une minute, tu vas proposer de sortir le chien.

Je lui souris, respirant régulièrement, comme si de rien n'était, et rétorquai d'une voix calme :

– Je ne l'ai pas fait depuis deux ans. Je me disais justement que ce devait être mon tour.

Dehors, le vent était tombé, la nuit était noire, remplie d'étoiles. J'inspirai à fond l'air froid, humide. Je respirais comme si j'étais resté trop longtemps sous l'eau. Sergent flairait l'herbe, il avait senti quelque chose dont il suivait l'odeur.

Ma première nuit en tant que Cassiel Roadnight. Mon premier jour. J'y avais presque survécu.

Le chien suivit l'odeur droit à l'intérieur de la maison. C'était probablement celle de son panier. Edie vint à la porte. Sa colère avait en partie disparu. Elle sourit.

– Rentre, petit frère. Il fait un froid glacial dehors.

Je m'inclinai. Je pensai qu'il valait mieux.

Après avoir éteint la lumière dans la cuisine et fermé toutes les portes, je la suivis dans l'escalier, en essayant de ne pas faire de bruit.

– Bonne nuit, Edie, dis-je en arrivant devant la chambre de Cassiel.

– Bonne nuit, répondit-elle.

J'avais presque fermé la porte. J'étais presque seul. J'avais presque réussi. J'avais l'impression de n'avoir jamais retenu ma respiration aussi longtemps et d'être sur le point de souffler.

– Cass ? dit-elle.

– Quoi ?

Je ne pouvais pas voir son visage. Il faisait trop sombre.

– Je suis contente que tu sois à la maison.

– Merci.

– Même si tu es bizarre.

IX

Impossible de dormir. Je n'avais jamais été si éveillé de ma vie. Je restai assis sur le lit de Cassiel Roadnight, sur mon lit, comme j'étais resté assis sur le lit du foyer la nuit précédente, en attendant qu'Edie arrive. J'étais parfaitement immobile, mais dans ma tête ça n'arrêtait pas de bouger.

C'était ce que j'avais voulu. Un endroit que je puisse considérer comme le mien, une chambre à moi. Une famille, une mère et une sœur qui me connaissaient, qui m'aimaient, et qui étaient juste là, de l'autre côté du couloir. Un frère, en chemin, qui venait me souhaiter la bienvenue à la maison.

J'entendis Edie tourner les pages d'un livre, je l'entendis éteindre la lumière. J'entendis le froissement des draps d'Helen, tandis qu'elle se retournait dans son lit.

Pauvre Helen, fragile, brisée. Est-ce que c'était moi qui avais fait ça ? Était-ce Cassiel ? Et Edie, qui semblait aussi délicate que sa mère, mais qui avait quelque chose de différent, quelque chose que j'entrevoyais déjà, quelque chose qui ressemblait davantage à de l'acier.

J'avais peur de les détruire. Et tout aussi peur qu'elles me détruisent.

C'était calme au-dehors. Le vent était tombé, et l'absence de bruit était tangible, réelle. Un silence tel que je pensais n'en avoir jamais entendu auparavant. Il y a toujours du bruit en ville, la nuit. C'est rarement silencieux, et toujours éclairé. On s'habitue à dormir dans une nuit jamais obscure, à dormir pendant qu'un sac en plastique claque comme un drapeau dans les branches d'un arbre au-dessus de nous, pendant que des camions gémissent et vibrent, pendant que des voix s'élèvent et retombent, que des verres s'écrasent, que des sirènes se précipitent vers la tragédie de quelqu'un d'autre, ailleurs. Le bruit et la lumière sont comme des couvertures qui nous protègent du silence et de l'obscurité.

Il n'y avait pas de couverture par ici. J'éteignis la lampe de Cassiel pendant une minute, et me plongeai dans le noir total. J'essayai d'entendre quelque chose dans tout ce silence. Je perdis mes repères. J'avais l'impression de disparaître. Il n'y avait absolument rien, le bord d'un gouffre sans fond. À la fin, quelque part sur la colline, j'entendis un bêlement de mouton. Je lui fus reconnaissant de me rappeler que j'étais toujours là.

Je rallumai la lumière, en la baissant le plus possible, et regardai autour de moi. Il devait y avoir des indices, dans cette chambre. Il devait y avoir des secrets.

Je commençai par prendre les choses séparément, tiroir par tiroir, page par page, centimètre par centimètre, sans bruit, cherchant qui il était réellement, cherchant les petites choses que j'avais besoin de savoir, de faire et de dire, cherchant qui je devrais être le lendemain lorsque les autres se lèveraient, lorsque Frank arriverait à la maison. Je me déplaçai furtivement dans ma toute nouvelle chambre, tel un voleur.

Je ne trouvai pas grand-chose. C'était décevant.

L'ordinateur de Cassiel était vide. Tout avait été effacé. Ses tiroirs étaient pleins de chaussettes, de caleçons et de tee-shirts, tous trop bien pliés, tous trop petits. Il n'y avait rien d'écrit dans ses cahiers, rien de caché dans son armoire.

Une veste sur un cintre contenait une feuille de papier A4, pliée en trois, dans une poche. Une feuille vierge.

J'étais loin du trésor, loin de la moisson mûre sur laquelle j'attendais de me jeter comme une invasion de criquets. La chambre de Cassiel ressemblait à un décor de théâtre. Elle était factice. Edie avait essayé de la recréer lorsqu'ils avaient déménagé. Elle en avait fait quelque chose qui, de l'extérieur, ressemblait à sa chambre, mais il ne restait rien de lui, plus rien. Elle avait fait un faux. Elle avait fait quelque chose comme moi.

Était-ce ce qui allait m'arriver ? Ils chercheraient des traces de lui en moi et ne trouveraient rien ? Ils me démonteraient et s'apercevraient que j'étais vide ?

Qu'avaient-ils fait des affaires de Cassiel ? Les garçons de quatorze ans n'ont pas une chambre aussi vide. Ils ont tout un bazar, un fouillis, un foutoir. Ils ont des milliers de papiers chiffonnés, avec des trucs dessinés ou écrits dessus. Ils ont des chaînes de clés, des carnets, des harmonicas, des chewing-gums, des déodorants, des jumelles, et de la musique. Ils ont des secrets, bon sang ! Où étaient les secrets de Cassiel ?

J'abandonnai à deux heures du matin. J'éteignis la lumière et m'assis sur son lit, attendant que les chiffres du réveil changent, attendant que les secondes passent en clignotant.

Qu'allais-je faire le lendemain ? Tout garder enfermé en moi. Ne rien dire. Continuer à marcher sur la corde raide, un pied devant l'autre.

Au bout de combien de temps me verraient-ils tel que je suis ?

Trois petits coups frappés à ma porte brisèrent le silence en trois gros morceaux.

– Qui est-ce ? demandai-je.

Il n'y eut pas de réponse, mais la poignée tourna. La porte s'ouvrit. Il faisait encore plus noir dans le couloir que dans la chambre. Je n'aurais jamais cru que c'était possible.

– Salut !

C'était Helen. Elle entra comme un fantôme silencieux, vêtue d'un pyjama clair et d'une robe de chambre blanche, fripée. Elle avait les traits tirés dans la nuit grise, qui accusait les ombres et les creux de son visage.

– Je n'arrive pas à dormir, dit-elle.

– Moi non plus.

– Je n'arrive jamais à dormir.

Son regard étincelait. Toute la lumière semblait concentrée dans le blanc de ses yeux et le blanc de ses vêtements. Elle me fixait bizarrement, comme on regarde une personne qui ne sait pas qu'on l'observe. Elle me mangeait des yeux.

– Est-ce que tu veux quelque chose ? Une boisson chaude ? me proposa-t-elle.

– Non, répondis-je. Ça va.

Être seul, voilà ce que je désirais. Ne pas être sous surveillance. J'aurais dû me coucher. Faire semblant de dormir.

Elle avait quelque chose dans les bras.

– J'étais plongée là-dedans, dit-elle, en me passant un tas de livres, lourds, épais, qui glissaient les uns sur les autres, tandis que j'essayais de les tenir.

– Qu'est-ce que c'est ?

J'allumai la lumière. Chacun de nous leva la main pour se protéger les yeux.

Des albums de photos.

– Mon Dieu, dis-je. Merci.

Elle se tenait à côté du lit, timide, dansant d'un pied sur l'autre.

– Je peux m'asseoir ? demanda-t-elle.

– Bien sûr.

– Tu n'as peut-être pas envie de les regarder, dit-elle.

– Si, au contraire.

Nous restâmes assis au bout du lit sans parler, sans nous regarder. Je tenais les albums sur mes genoux. Il y en avait huit. Je passai les doigts sur leur dos, sur le bord.

Helen posa sa main sur la mienne.

– Merci, dit-elle.

– De quoi ?

– Je savais que tu reviendrais.

– Oh, dis-je simplement. Oh.

Je ne la regardai pas. Je regardai le palier dans l'obscurité. Je me demandai si Edie dormait, ou si elle était étendue, les yeux ouverts, en train d'écouter, d'observer la lumière de ma chambre filtrer sous sa porte. Je ne voulais pas qu'elle soit éveillée. Je ne voulais pas qu'elle vienne, elle aussi, et qu'elle commence à parler.

Helen suivit mon regard.

– Elle t'en veut, dit-elle. Elle a assez de force pour le faire.

– Je sais.

– Ça lui passera.

– Peut-être.

Tant qu'elle ne découvrirait pas la vérité.

Helen regardait fixement ses mains. Elle les leva devant elle, les doigts écartés. Elle marmonna :

– Je pense que je veux oublier. Je préfère ne plus jamais en parler.

– Très bien, alors, n'en parlons plus.

– Si, reprit-elle. Tu sais bien qu'on ne pourra pas l'éviter.

Lorsque Helen sortit de la chambre, j'enlevai mon jean, me redressai, assis bien droit sur le lit, avec les albums. Sous chaque photo, le nom, la date et l'endroit correspondants étaient soigneusement écrits. Je rangeai les albums par ordre chronologique.

Il n'y avait pas de photos de bébé. Le premier livre commençait quand il avait trois ans environ.

Un petit garçon aux genoux potelés, et aux chaussures solides. Un petit garçon qui suçait son pouce, avec de grands yeux interrogateurs. Un petit garçon qui serrait fort un doudou en laine entre ses doigts.

C'était le chiffon sur lequel je m'étais assis dans la voiture d'Edie. Plus grand, plus propre, blanc et non pas gris, pas encore. Sur la photo, je l'avais passé sous mon bras, et enveloppé autour de ma main. Je reconnus ses motifs contournés. Je le sortis de mon sac, et le posai à côté de moi, sur mon oreiller. Le doudou de Cassiel.

Je parcourus les huit albums. J'observais, j'apprenais, je m'emparais de chaque photo, transformant chaque petite légende en souvenir, m'en faisant une cuirasse. Et quand j'eus fini, je recommençai à feuilleter le premier.

Je m'endormis vers quatre heures du matin. Je sentis les albums glisser du lit, mais je ne m'éveillai pas suffisamment pour y faire attention, ni même pour les entendre tomber.

X

Le matin, dès que j'ouvris les yeux dans sa chambre, que j'entendis les oiseaux discuter et les bruits métalliques de la maison qui s'animait, je sus où j'étais. Je le sus aussitôt, comme si j'étais censé être là.

J'allai droit à la fenêtre, vers la vue incroyable, mouvante, vers les ombres des nuages qui roulaient au-dessus de la prairie, vers les couleurs changeantes des montagnes, vers le dôme gris-bleu du ciel. J'aurais pu rester là toute la journée, à contempler le paysage. J'avais envie de ne rien faire d'autre.

J'écoutai Edie et Helen se lever, des petits bruits de pied, d'étirements, comme des rats derrière un mur, comme des souris dans leur cage.

J'aurais aimé les éviter. J'aurais voulu rester au lit, pour qu'elles pensent que Cassiel dormait à l'étage, pour qu'elles puissent être heureuses, pour ne pas avoir à tout gâcher en étant moi.

Vers onze heures, Edie ouvrit ma porte. J'étais toujours au lit.

– Bonjour, dit-elle.

– 'jour.

Elle était pâle, et mince comme un haricot vert. Elle souffla sur ses cheveux pour les écarter de ses yeux, et ils se dressèrent sur sa tête, comme s'ils avaient leur propre vie.

– Désolée, dit-elle.

– De quoi ?

– J'avais pourtant décidé de ne pas me mettre en colère, de ne pas être pénible.

– Ça ne fait rien.

– Tu as bien dormi ?

– Oui.

– Menteur ! dit-elle, en regardant le vague désordre dans la chambre, les albums étalés par terre.

Elle entra et claqua la porte derrière elle. Je ne voulais pas qu'elle soit là, et je ne voulais pas non plus qu'elle s'en aille. J'avais une peur panique de faire une erreur. Je remontai le drap sur ma poitrine. Je m'appuyai sur un coude. Edie prit un album ouvert, où l'on voyait des photos d'un Noël lointain.

– Je suis réveillé depuis une éternité, dis-je.

– C'est mam qui t'a donné ça ?

J'acquiesçai d'un hochement de tête, bâillai, et me frottai les yeux. Je n'avais pas de brosse à dents. J'avais envie d'un bain.

– Elle passe des heures à regarder ces trucs-là, dit-elle.

– C'est ce que j'ai fait moi aussi cette nuit. Ils sont bien. Ils sont merveilleux.

Elle fronça les sourcils.

– Tu vois ? Tu as changé. Tu dis des choses bizarres. Ils sont merveilleux ?

– Désolé.

– Et ça continue ! remarqua-t-elle, mais elle souriait.

Elle tourna lentement les pages, s'assit par terre à côté du lit. Je voyais son profil jusqu'à sa lèvre supérieure. C'était tout ce que je pouvais voir de là où j'étais.

– Oh, mon Dieu ! s'exclama-t-elle. Tu te souviens de ce type ?

– Hans, dis-je.

J'avais simplement lu la légende, sous la photo.

– Le pensionnaire hollandais que mam avait pris en pitié.

– Oui. Jolie chemise.

Elle rit.

– Tu te rappelles cet horrible moulin à vent qu'il nous avait offert ? Avec de la musique et des lumières clignotantes ?

– Qu'est-ce que ça jouait, déjà ?

– *Waltzing Matilda* ? Non ce n'est pas possible, je ne m'en souviens pas.

– *A mouse lived in a windmill*, lançai-je au hasard.

– Oui ! C'était ça, hein ?

Elle tourna encore quelques pages. J'entendais le bruit qu'elles faisaient en se décollant les unes des autres. Je fermai les yeux.

– Tu vas bientôt te lever ? demanda-t-elle.

– Je ne sais pas.

– De quoi as-tu donc peur ? De la lumière du jour ?

Non, j'ai peur de toi. J'ai peur de moi, de ce que je vais faire ou dire qui gâchera tout. J'essaie désespérément d'éviter ce moment, et en même temps j'y vais tout droit.

– Je suis juste fatigué, répondis-je.

Elle se leva. Elle me donna un petit coup dans les côtes. Elle effleura ma joue du bout des doigts, et j'essayai de ne pas m'écarter. J'essayai aussi de ne pas m'appuyer contre elle, de ne pas laisser reposer tout le poids de ma tête dans sa main.

Elle suivit le dessin de ma cicatrice du doigt, la morsure de chien qui allait de ma pommette à mon oreille.

– Comment tu t'es fait cette cicatrice ? demanda-t-elle.

– Je ne sais pas.

– Je ne vois pas quand tu te serais fait ça, dit-elle, je ne me rappelle pas l'avoir jamais vue là.

J'avais envie de la pousser hors de la chambre.

– Eh bien, elle y est quand même, répliquai-je.

– Il y a peut-être un indice sur une photo, dit-elle, ramassant tous les albums un à un, et lisant attentivement les dates. Peut-être que si on tombe sur le bon, on trouvera quelque chose.

Je me levai, lui pris les albums des mains, et les empilai soigneusement sur le bureau. Je me sentais gêné, debout, là, en caleçon. Je ne voulais pas qu'elle me voie, qu'elle voie les différences qui pouvaient exister entre son frère et moi.

Edie observait mon visage.

– Et qui t'a donné un coup de poing? demanda-t-elle. Qui t'a frappé là, juste sous l'œil ?

– Ça, c'était rien, un voyou.

– Pourquoi est-ce qu'il t'a frappé ?

Elle tendit la main pour toucher la marque en forme de diamant qu'il m'avait faite. Je m'écartai.

– Parce que je peux être vraiment énervant, quelquefois.

Edie frotta sa main froide sur mon bras.

– Hum, dit-elle. Il a toute ma sympathie.

– Dégage ! Arrête d'essuyer tes mains sur moi.

Elle tressaillit. Elle recula rapidement, sur la défensive, et je compris pour la première fois qu'elle avait peur de lui. Je me demandai si Cassiel l'avait déjà frappée.

Elle alla jusqu'au bureau, prit un album, le plus récent, celui de l'année qui précédait la disparition de Cassiel.

– Tu t'es beaucoup battu, là-bas ? demanda-t-elle. Tu as énervé beaucoup de gens ?

L'espace d'une seconde, je me revis pendant qu'on me maîtrisait. J'avais l'impression de sentir de nouveau le poids d'un corps d'homme contre mes genoux, coupant la circulation de mes jambes. Je sentais qu'on me tirait brutalement les bras, qu'on les maintenait haut dans mon dos. J'entendais la voix rauque, chargée d'adrénaline, qui me répétait de me calmer, de reprendre mon souffle, d'arrêter de crier. Je sentais ma rage impuissante de garçon de dix, onze, douze ans. Ma gorge se serra.

– J'en ai exaspéré plus d'un.

Edie ouvrit un autre album. Je regardai Cassiel et elle debout sur une colline, vêtus d'habits chauds aux couleurs éclatantes qui se détachaient sur la neige.

– Tu m'as manqué, dit-elle. Dieu sait pourquoi.

Je ne voulais pas qu'elle soit trop gentille. Je ne voulais pas qu'elle soit trop tendre, drôle, pleine d'amour, et blessée, sa confiance brisée. C'était trop tôt le matin. Je ne savais pas pourquoi j'étais là, pourquoi je lui faisais ça. Pourquoi est-ce que je faisais ça ?

Elle leva un doigt.

– Je ne t'ai pas regretté quand tu mentais, tu criais, tu volais ou que tu faisais tes coups en douce. Je ne t'ai pas regretté quand tu étais stupide, arrogant, entêté et cruel. Je n'ai pas regretté ta musique de merde ou ton obsession pathologique de la télécommande, dit-elle, mais je t'ai regretté, toi.

– Merci. C'est gentil.

– Je sais.

Elle m'envoya un baiser, et se leva.

– Tu veux des pancakes ? J'ai envie d'en faire.

– Et toi, tu en mangeras ? Tu es maigre comme une allumette.

– Ha, ha ! Très original. Alors, pancakes ou pas ?

– Pancakes, jus d'orange, soleil, et mauvaises plaisanteries, dis-je.

– Comment ?

– Rien. C'est à ça que je pensais quand je pensais à la maison.

– Tu pensais à la maison ?

– Bien sûr. Tout le temps.

– Bon, je ne sais pas d'où t'était venue cette idée, dit-elle en quittant la pièce et en refermant la porte sur son sourire.

Je sortis du lit quand je sentis l'odeur des pancakes. Des pancakes et de la fumée de cigarette. J'entendais la voix d'Helen, sa cadence douce qui montait du rez-de-chaussée. J'allai me laver la figure dans la salle de bains. J'utilisai la brosse à dents de quelqu'un d'autre. Je me penchai au-dessus du lavabo, et approchai mon visage du miroir. Mes cheveux avaient besoin d'être coupés. Je pourrais le faire avec un rasoir. J'avais des cernes sombres et gonflés sous les yeux. Une mine de déterré.

Comment pouvais-je avoir la moindre ressemblance avec Cassiel Roadnight ce matin ? Tout ce que je voyais dans la glace, c'était moi.

Helen n'allait-elle pas s'en rendre compte au premier coup d'œil, à la lumière froide du soleil ?

À moins que ce ne soit Frank qui me perce à jour dès qu'il arriverait ?

Est-ce que tout allait se terminer aujourd'hui ? Bientôt ? Tout de suite ?

Elles sourirent en me voyant descendre l'escalier. Toutes deux interrompirent ce qu'elles étaient en train de faire pour me regarder d'un air radieux.

– Bonjour, dis-je.

– Mon Dieu, regarde-toi ! s'exclama Helen.

Je m'essuyai les mains sur ma chemise froissée, mon jean crasseux.

– Tous mes vêtements sont trop petits.

– Ça ne m'étonne pas. Tu es un géant.

Son sourire s'effaça, et elle tourna la tête.

– Tu as besoin d'un bain, constata Edie.

– Ce serait bien, dis-je.

– Tu pourrais emprunter des vêtements à Frank, non ? Il peut, mam ? demanda-t-elle en riant. Ce serait trop drôle de te voir là-dedans !

Elle me tendit une assiette contenant six petits pancakes, et remua quelque chose dans la poêle.

– Tiens. Le sirop d'érable et le citron sont sur la table.

Helen fumait en m'observant. Le cendrier était déjà plein de mégots. Sa bouche s'efforçait de tenir autour de la cigarette, de ne pas se relâcher, se plisser, et pleurer.

– Ça va ? lui demandai-je, sachant que ça n'allait pas, que je devais dire quelque chose, que je ne pouvais faire semblant de ne pas m'en apercevoir.

D'une voix calme, mélancolique et sans espoir, elle répondit :

– Où est mon fils ?

Mon sang se glaça. J'arrêtai de mâcher et la regardai.

– Comment ?

Le pancake dans ma bouche était devenu une éponge froide, lourde et mouillée.

– Maman ? dit Edie. Reprends-toi, s'il te plaît.

– J'ai perdu mon garçon, murmura-t-elle, et c'est un… un homme qui est revenu.

– C'est toujours ton fils, répliqua Edie. C'est toujours Cassiel, non ?

J'avalai ce que j'avais dans la bouche. Je regardai mon assiette. Je respirai.

Non, je ne le suis pas. Je n'ai rien à voir avec elle, et elle le sait.

– Regarde la taille de ses mains, dit Helen. L'espace que tu occupes dans la pièce, ajouta-t-elle en se tournant vers moi.

Je me sentis énorme, mal dégrossi, indésirable.

– Comment es-tu devenu aussi grand ? demanda-t-elle. Comment as-tu fait pour te débrouiller sans moi ?

– Je me suis débrouillé tout seul.

– Hum, excuse-moi, intervint Edie en retournant un pancake dans la poêle et en passant une longue mèche de cheveux derrière son oreille. Mais tu t'es surtout débrouillé pour être dans un état lamentable.

– Merci, dis-je.

Elle me fit un clin d'œil.

– Tu vas t'y habituer, mam, dit-elle.

– Je ne veux pas m'habituer à lui, riposta Helen. Depuis son retour, je veux être émerveillée et heureuse à chaque minute qui passe.

Elle me sourit, écrasa sa cigarette à côté des autres.

– Si je m'habituais de nouveau à toi, il faudrait que quelqu'un me donne une claque.

Je regardai les restes de mon petit déjeuner. Faites qu'elle s'habitue de nouveau à moi ! Faites qu'ils s'habituent tous à moi, que le vrai Cassiel ne revienne jamais chez lui, et que je puisse rester là. Faites que j'aie simplement ça !

Edie s'assit, me sourit, empila ses pancakes sur son assiette comme une petite tour, enfouie sous le sirop. Elle les piqua avec sa fourchette, regarda par la fenêtre, le gris et le vert du jardin se reflétèrent dans le bleu, le noir et le blanc de ses yeux.

Helen annonça qu'elle montait à l'étage faire le lit de Frank.

– Quand est-ce qu'il arrive ? demandai-je.

– Bientôt, répondit-elle, en traversant la pièce d'un pas incertain.

Elle franchit la porte, passa dans le couloir, et disparut bientôt de notre vue.

– Plus tard.

Je lançai un coup d'œil interrogateur à Edie.

– Elle est dans le cirage, dis-je.

– Elle l'a toujours été.

– Vraiment ?

– Tu as oublié, c'est tout. Elle a été pire.

– À cause de moi ? J'ai aggravé les choses ?

– Ne te donne pas trop d'importance. Elle était aussi mal quand tu étais là que quand tu n'y étais pas.

– On peut l'aider ?

– J'ai essayé, dit-elle en fronçant les sourcils. Je suis bien la seule.

– Et Frank ?

– Il noie le problème dans l'argent. Mam n'a pas besoin d'argent.

– De quoi a-t-elle besoin ?

– Si seulement je le savais.

– Je vais l'aider, dis-je.

– Pourquoi est-ce que je te crois ? Je dois avoir perdu la tête.

– Je suis sincère. C'est pour ça que tu me crois.

Edie me sourit.

– Tu le prendrais mal si je te disais que tu devrais disparaître plus souvent ?

– Pourquoi ?

– Parce que tu es tellement plus sympa maintenant !

J'essayai de me retenir de sourire. Je rougis, bon sang ! Je me sentis rougir. C'était un sacré compliment. Un compliment qui signifiait beaucoup pour moi. Edie pensait que j'étais plus sympa que Cassiel. Edie m'appréciait. Je m'autorisai à espérer que je pourrais être en sécurité ici. Je commençai à penser que tout allait bien se passer.

Mon sourire s'épanouit malgré moi.

– Merci, murmurai-je.

– Y a pas de quoi, petit monstre.

Il y a des gens qui ne savent pas la chance qu'ils ont. C'est ce que je pensai en regardant Edie. Cassiel Roadnight ne le savait pas. Il n'aurait jamais dû partir de chez lui, cet ingrat, cet imbécile.

Elle finit son assiette et la lécha jusqu'à ce qu'elle soit propre.

– Ne le raconte à personne !

– Je ne dirai rien si tu ne dis rien.

– Marché conclu. Allons te chercher des vêtements.

XI

La chambre de Frank était petite, sombre et en désordre. Helen avait fait le lit, les draps lisses étaient bien tirés, les oreillers rebondis et retapés étaient au garde-à-vous. Trois sérigraphies d'un visage de femme étaient accrochées au mur.

– Elles te plaisent ? demanda Edie.

Elles étaient simples, le visage se composait de six ou sept traits nets, bien définis. Chaque sérigraphie était semblable aux autres, la même expression triste et lointaine. Seules les couleurs étaient différentes. Elles étaient belles.

– Oui, répondis-je.

– C'est moi qui les ai faites, dit Edie, en leur tournant le dos et en s'éloignant.

– Mon Dieu, m'exclamai-je en les regardant de plus près, attiré par elles. Tu es douée !

– De quoi as-tu besoin ? demanda Edie en changeant de sujet, et en ouvrant les tiroirs d'une commode.

– De tout. J'ai un sweat-shirt, je crois. Mon jean est pratiquement immettable.

– Tu vas devoir t'habiller comme Frank, dit-elle. Ce ne sera pas terrible.

– Je me fiche de mon apparence.

– Tiens ! Un autre changement en mieux, dit-elle.

Elle me tendit une pile de vêtements.

– Je peux prendre une douche ?

– Pourquoi tu me le demandes ? Tu es chez toi. Tu peux faire ce que tu veux.

Non, je ne suis pas chez moi. Non, je ne peux pas faire ce que je veux.

Ses paroles m'avaient renvoyé à ce que j'étais réellement. Ce n'était pas ma maison. Ce n'était pas ma famille. Je ne pouvais pas me permettre de me détendre, de me sentir trop bien, ni trop à l'aise. Pas encore. Si je me laissais aller, je dirais un mot de travers qui ferait tout éclater au grand jour. J'avais intérêt à m'en souvenir.

– Est-ce que tu veux venir te promener, tout à l'heure ? lui demandai-je, en appuyant mon visage contre la fenêtre étroite et haute.

J'avais envie de grand air, d'espace, de vent cinglant. J'avais envie d'être dehors, de marcher, de ralentir mes pensées. Envie d'être avec Edie. Envie d'être avec ma sœur.

J'étais étonné de sentir à quel point je m'étais déjà attaché à elle. Je la regardai, de l'autre côté de la chambre. Être son frère était la meilleure chose qui soit. Faire semblant de l'être devenait la pire.

– D'accord, dit-elle en me souriant. Ouais, je vais te trouver un manteau et tout ce qu'il faut.

Je fermai à clé la porte de la salle de bains. Je suspendis une serviette sur le miroir. Je ne voulais plus me voir. Je ne voulais pas que ça me rappelle que j'étais moi, et non pas lui. Si seulement j'avais pu avaler un cachet et oublier ! Ça aurait été parfait. S'il y avait une vie qui devait être oubliée, c'était bien la mienne.

J'aurais voulu passer l'éponge, comme on efface la buée sur un miroir, la craie sur un tableau noir, je me serais effacé, moi, de la face de la Terre.

J'aurais tellement voulu oublier.

Je dus mettre aussi le manteau de Frank, ses bottes, son chapeau. Edie riait comme une folle. Elle était pliée en deux, et son rire résonnait dans la petite pièce où étaient accrochés les vestes et les manteaux.

– J'adore ! dit-elle. Tu ressembles à un banquier de cinquante ans !

– Je trouve que ça me va bien, dis-je en remontant mon col et en prenant un air suffisant, distingué.

Elle se plia de nouveau en deux. Elle dut essuyer ses larmes.

Le vent se jeta contre la maison quand nous ouvrîmes la porte.

– Où allons-nous ? De quel côté ? demandai-je.

Le menton enfoui dans son écharpe, le bonnet enfoncé sur sa tête, Edie me montra un chemin du doigt. Seuls ses yeux étaient visibles, plissés contre le vent.

– Par ici, dit-elle. Allons voir le fleuve.

On se mit en marche. Le bruit de nos pas, le cycle de ma respiration que j'entendais nettement, m'entraînaient en avant, m'empêchaient de m'arrêter. Les montagnes pétrifiées au loin, à notre gauche, étaient vigilantes, de garde, rassurantes par leur permanence. Des moutons échangeaient des regards inquiets, et s'enfuyaient à notre passage. Une buse tournoyait au-dessus de nous, emportée par les rafales, planant dans le vent. Je n'étais jamais allé dans un endroit aussi ouvert, aussi dégagé, moi, enfermé dans le corps de quelqu'un d'autre, emprisonné dans mon propre mensonge. Je ne m'étais jamais senti aussi libre.

Je me retournai et fis quelques pas en arrière pour voir les vastes champs en pente derrière nous, la maison qui disparaissait derrière le sommet de la colline. Les arbres qui l'entouraient se penchaient et hochaient la tête en nous regardant nous éloigner.

Si j'avais pu simplement oublier que ce n'était pas vrai, il m'aurait semblé agréable et naturel de marcher à côté d'elle. Mais je n'oubliais pas, et toute la joie que je pouvais éprouver s'écrasait au sol, tout ce que je regardais se transformait en quelque chose de sombre, de gris, de stérile. Tout, à l'exception d'Edie.

Le manteau d'Edie avait la couleur d'un bleuet. Ses yeux pleuraient sous le vent froid, ses joues étaient rose vif.

– Tu vas rester ? demanda-t-elle.

– Comment ?

– Quand tout sera redevenu normal, est-ce que tu resteras ? Est-ce que tu es revenu pour de bon ?

– Je le souhaite. Je pense que oui.

– Qu'est-ce qui se passera quand vous vous disputerez de nouveau, mam et toi, quand vous recommencerez, Frank et toi ?

– Quand on recommencera quoi ?

– Oh, tu sais bien, fit-elle en fronçant les sourcils. La même chose que d'habitude.

Je ne savais pas. Je me demandai : qu'est-ce qui se passera quand le vrai Cassiel réapparaîtra ?

– Tu penses que je vais encore m'enfuir ? demandai-je.

– Oui, répondit-elle. Non. Je ne sais pas ce que tu vas faire. C'est toi qui t'es mis dans cette situation, d'une certaine façon.

Elle n'avait aucune idée de la situation dans laquelle je m'étais mis. J'aurais bien voulu ne m'être mis dans aucune situation. Mais je n'en arrivai pas à souhaiter de ne pas être venu.

– Qu'est-ce que tu as fait de ton téléphone ? demanda-t-elle. Tu l'as jeté, vendu, ou quelque chose comme ça ?

– Quelque chose comme ça.

– Il t'en faudra un. Et des vêtements, aussi, dit-elle en riant. Tu ne vas pas continuer à te promener longtemps dans ceux de Frank.

– Je n'ai pas d'argent. Je n'ai plus rien.

– J'en demanderai un peu à Frank.

– D'accord.

– Je vais lui demander un peu d'argent de poche, reprit-elle, avec un sourire pincé et un regard de pierre.

Nous poursuivîmes notre chemin sans parler. Je mourais d'envie de lui avouer la vérité. Je m'imaginais en train de le faire, je me voyais à genoux. J'imaginais son dégoût, son chagrin.

Mentir à Edie serait tellement plus facile si je ne l'aimais pas autant.

– Est-ce que tu es prêt à être au centre de l'attention ? demanda-t-elle.

– Quelle attention ?

– Personne d'autre ne sait encore que tu es revenu, expliqua-t-elle. Mais dès qu'ils sauront…

Je restai silencieux.

– Tu sais comment c'est par ici, reprit-elle. Il suffit que quelqu'un se coupe les cheveux pour que la ville soit en effervescence, que tout le monde en discute.

J'éclatai de rire.

– Tu vas déchaîner les passions. Certains risquent carrément d'exploser.

– Qu'est-ce qu'on va faire ? On pourrait peut-être passer une annonce dans le journal ? plaisantai-je.

– On pourrait. Ou alors on pourrait te mettre en cage, avec un drap par-dessus, et on t'amènerait à la foire.

– L'exhibition du monstre, dis-je. L'Homme Homard, la Femme à barbe, l'Homme monté à l'envers, et le Revenant Cassiel Roadnight.

Elle sourit.

– On pourrait faire payer.

– Oui ! m'exclamai-je. Vendre des billets ! Comme ça, je pourrais m'acheter des vêtements.

– N'empêche que ce sera comme ça. On va te regarder comme une bête curieuse. On va te harceler, te questionner sans arrêt. Ce sera un cauchemar.

C'était trop demander que de me glisser silencieusement à la place de Cassiel, sans que personne s'en aperçoive. C'était ce que je voulais, et c'était beaucoup trop.

– Tu vas supporter ? demanda Edie. Tu crois que ça ira ?

Je haussai les épaules.

– Je ne sais pas tant que je n'y suis pas.

Il y eut un silence.

– Qu'est-ce qui t'est arrivé ? demanda-t-elle. Est-ce que tu te décideras à nous le dire ?

– Je ne sais pas. Pas encore.

– Un jour ?

– Peut-être.

Jamais.

Nous étions sur la colline et nous regardions le fleuve, en contrebas. Je ne l'avais pas encore vu. Je ne savais pas qu'il était là. D'en haut, comme ça, on le voyait serpenter à travers la vallée. Il brillait, plat comme de l'argent, solide et inerte, comme s'il ne bougeait pas, comme s'il n'était pas vivant, agité par le courant, les remous, les bonds des poissons, comme s'il n'était pas noir et bouillonnant sous les cygnes.

– Ouah ! m'écriai-je, le souffle coupé par tant de beauté.

– Quoi ?

– Rien.

Je gardai les yeux fixés sur l'eau miroitante. Je trouvai aussitôt une explication.

– J'avais oublié que c'était si beau, c'est tout. C'est bon d'être de nouveau chez soi.

– Frank voulait qu'on parte d'ici, qu'on aille complètement ailleurs, tu sais, dit Edie, en haussant la voix à cause du vent.

– Pourquoi est-ce qu'il voulait faire ça ?

– Il avait presque convaincu mam.

– Pour aller où ?

– Je ne sais pas. Il s'était mis cette idée en tête, il voulait qu'on aille vivre avec lui à Londres.

Elle guetta ma réaction. Je la laissai parler.

– Il pourrait convaincre mam de faire n'importe quoi, ajouta-t-elle. Parfois je me dis que, s'il lui demandait de se jeter sous un train, elle le ferait.

– Pourquoi ?

– À ton avis ? Elle n'aime pas la façon dont il réagit quand elle lui dit non.

– Alors, comment se fait-il que vous ne soyez pas partis ?

– À cause de toi, idiot ! répondit-elle en me donnant un petit coup de poing. On est restés à cause de toi.

Je me demandai ce que Cassiel aurait répondu.

– Mais pas dans la même maison.

Elle leva les yeux vers moi.

– Ça t'ennuie, hein ?

Je haussai les épaules.

– Moi, je l'aurais mal pris, dit-elle.

Qu'est-ce que je pouvais bien répondre à ça ?

– J'aurais simplement aimé que vous ne vous débarrassiez pas de toutes mes affaires.

– Quand nous avons commencé à fouiller ta chambre, dit-elle, j'avais toujours l'impression que tu allais arriver, et que tu serais furieux contre nous. J'avais beau savoir que tu n'étais pas là, j'entendais le bruit de tes pas dans l'entrée, je t'entendais monter l'escalier.

– Vous avez trouvé quelque chose d'intéressant ?

Elle me sourit d'un air triste. Elle hocha négativement la tête.

– Je ne pouvais pas faire ça, poursuivit-elle. C'était comme si j'admettais que tu étais mort. J'ai laissé mam et Frank s'en occuper.

– Où est-ce qu'ils ont mis mes affaires ?

– Je ne sais pas.

– Ils auraient dû les emballer et les emporter. C'étaient mes trucs, c'était à moi de les jeter, pas à eux.

J'entendis le ton outragé de ma voix, et je me détestai, je me détestai vraiment.

– Nous avions déjà fouillé avant, dit-elle. Quand on te cherchait, on a dû chercher dans toutes tes affaires pour essayer de trouver pourquoi tu avais disparu.

Je me demandai si elle allait enfin m'apprendre quelque chose sur Cassiel.

– Et alors, vous avez trouvé ?

– Non.

Nous nous regardâmes.

– Est-ce que tu vas m'expliquer ce qui s'est passé ? demanda-t-elle.

Et elle répondit à ma place :

– Non.

– Désolé, Edie.

– Pas la peine, dit-elle.

Puis elle se reprit :

– Non, tu n'es pas désolé, ce n'est pas vrai.

Nous décidâmes de rentrer lorsque le vent devint si froid qu'Edie ne sentait plus ses mains malgré ses gants. La maison était silencieuse. Helen était retournée se coucher.

– Cigarettes et somnifères en guise de petit déjeuner, constata Edie. *Home sweet home.*

– J'aimerais bien qu'elle arrête, maintenant.

– Tu plaisantes ou quoi ? Tu crois que ton retour pourrait changer les habitudes de toute une vie ? J'ai cru que tu disais ça pour rire, hier. Est-ce que tu as vraiment oublié ?

J'écoutai le ronronnement du poêle, les craquements du panier de Sergent, tandis qu'il se tournait, cherchant une meilleure position, trop vieux pour être venu se promener avec nous, trop vieux et trop fatigué.

Nous ne savions plus quoi faire, ni l'un ni l'autre.

– Prenons la voiture, proposa Edie. Allons tout de suite en ville, comme ça, ce sera fait.

– Quoi ? L'exhibition du monstre ?

– Oui, allons-y.

Je n'avais pas envie d'y aller. Pas envie de me montrer, d'être questionné, harcelé. J'avais toutes les raisons de refuser.

J'essayai. J'avançai que ce n'était pas pressé, j'ajoutai :

– Peut-être qu'Helen voudra venir avec nous... Tu ne crois pas qu'on devrait attendre Frank ?

– Pourquoi est-ce qu'il devrait décider de tout ? répondit brusquement Edie. Est-ce qu'on peut bouger sans la permission de Frank ? Est-ce qu'on peut respirer ?

– Doucement ! Calme-toi !

– Non mais... attends ! Depuis que tu es parti, on dirait qu'il est devenu le maître du monde, ou je ne sais quoi, et que nous, pauvres femmes, on est incapables de nous débrouiller sans lui.

– Désolé. Je ne voulais pas toucher un point sensible.

– Dès qu'on parle de Frank on touche un point sensible. Tu sais comment il est.

– J'imagine, répondis-je, car je ne trouvai rien d'autre à dire.

– Allons-y, répéta Edie. Prenons une décision sans que personne d'autre nous donne son avis.

Je n'avais plus le choix. Je ne pouvais plus refuser.

– Allons en ville faire peur aux gens, ajouta-t-elle.

– Avec quoi ?

– Avec toi, dit-elle en montant dans la voiture, et en me souriant avant de refermer la portière. Tu es un mort vivant.

C'était parti. J'avais beau savoir que c'était une erreur, j'avais beau entendre résonner toutes sortes d'avertissements et de mises en garde dans ma tête, je suivis Edie dans la voiture. Dix minutes plus tard, nous arrivions en ville. Edie se gara sur la place du marché. Elle était presque déserte. Deux vieilles femmes bavardaient dans un coin, un chien errait, quelqu'un retirait de l'argent au distributeur.

J'étais soulagé, mais je fis semblant de ne pas l'être.

– Pas beaucoup de public, dis-je.

Il ne fallut pas attendre longtemps. Chez le marchand de journaux, la femme m'appela Frank, et Edie répondit :

– Ce n'est pas Frank. Il est habillé comme Frank, mais ce n'est pas lui.

La femme m'examina de plus près.

– C'est pas vrai ! s'exclama-t-elle. Cassiel Roadnight ! C'est toi ?

Edie me prit par la main et me tira vers la porte du magasin.

– Il est revenu, dit-elle. Et vous êtes la première à le savoir.

– Comment ça va ? me demanda la marchande.

– Bien, merci, répondis-je, déjà à moitié dehors.

– Ça devrait suffire, dit Edie. Tout le monde vient là. Où veux-tu que les gens aillent, sinon ? Tu veux un café ?

Je haussai les épaules.

– Pas vraiment.

– Ce n'est pas pour le café, dit-elle en m'entraînant. C'est pour nous asseoir près de la vitre, pour qu'on nous voie. On va compter combien de gens te regarderont une première fois, puis une deuxième d'un air éberlué.

On se mit donc à compter. Il y eut trente-sept personnes. Certaines entrèrent dans le café et vinrent directement vers moi pour me parler, la sonnerie de la porte annonçant leur arrivée. Je dus sourire et faire semblant de savoir qui elles étaient, sans les appeler par leur nom.

« C'est toi », disaient-elles. «Tu es revenu.» Alors je répondais : « Bonjour », « Oui ».

Tout le reste, toutes les questions qu'elles voulaient poser, toutes les informations qu'elles brûlaient de savoir se cachaient ensuite derrière leurs yeux. J'observais. Je n'avais pas besoin de participer.

Personne n'eut l'air inquiet. Il n'y eut pas d'esclandre. Certains auraient peut-être voulu. Ça devait être quelque chose de voir un garçon qu'ils croyaient probablement mort assis à côté de sa sœur, en train de boire un café, comme si de rien n'était.

Les choses ne se passaient pas trop mal, mais Edie semblait déçue.

– Où sont-ils donc passés ? s'exclama-t-elle. Quelle heure est-il ?

– Midi et demi.

– Nous aurions dû venir plus tard. Je n'y ai pas pensé, mais on aurait mieux fait de venir après l'école, quand tous tes copains sont dans le coin. Je parie que tu meurs d'envie de les voir.

Pas du tout. J'étais heureux de me trouver simplement avec elle. Les copains n'ont jamais été mon point fort. Les groupes, ce n'était pas mon truc. Soudain, je me sentis en danger. Je marchais sur la corde raide, et je perdais l'équilibre. Le sol se déroba sous mes pieds.

Je ne pouvais pas me permettre de voir des gens qui le connaissaient si bien, pas encore. Je ne saurais pas comment me comporter avec eux. Je ne savais pas comment me conduire avec des copains. Je voulais rentrer dans le cottage blotti contre la colline, caché. Je me levai. Ma tasse de café heurta la soucoupe. Ma chaise grinça sur le plancher ciré.

– On y va ?

– Tu ne veux pas faire un tour ?

– Non.

Edie me regarda, surprise. J'étais brusque, grossier. Je ressemblais peut-être davantage au vrai Cassiel. Je me rappelle avoir eu cette pensée.

J'étais sûr d'avoir des ennuis si nous ne partions pas. Je mis le chapeau de Frank. Je l'enfonçai sur mes yeux.

– Pourquoi tu ne veux pas les voir ? demanda-t-elle.

– Je veux les voir. Mais pas maintenant. J'en ai assez d'être ici.

– C'est vrai qu'attendre deux heures ici, ce serait tuant.

Ce n'était pas l'attente qui m'inquiétait.

– Allons, viens !

– D'accord, d'accord, marmonna-t-elle.

Je sortis du café avant elle. La sonnerie de la porte retentit quand je l'ouvris, puis une autre fois quand elle se referma derrière moi, pendant qu'Edie payait l'addition. J'arrivai à la voiture avant elle.

– En fait, tu détestes toujours autant cet endroit, dit-elle, en me retrouvant dans la voiture et en mettant le contact.

– Ouais.

La voiture démarra. Dans le rétroviseur latéral, je voyais un bout du château qui dominait le parking. Je me demandai si ses remparts en ruines et ses murs délabrés gardaient autre chose qu'un horodateur, quelque chose de plus qu'une collection de vieux livres.

– Un jour, j'en sortirai, moi aussi, annonça Edie.

– Pour aller où ? demandai-je pendant qu'elle sortait du parking en marche arrière, tournait et rejoignait la route.

– Peut-être que l'année prochaine j'irai à l'université.

– Pour étudier quoi ?

– Arts plastiques, je pense. Tu le savais.

– Bien sûr ! Excuse-moi.

– La plupart de mes amis sont partis, reprit-elle. Ils reviennent à Noël et deux ou trois fois par an, sourit-elle. En emportant la vie avec eux.

– Pourquoi est-ce que tu n'es pas encore à l'université ?

– Je ne voulais pas y aller.

– Pourquoi ?

– Je te l'ai dit. Je voulais être là quand tu reviendrais.

C'était donc la faute de Cassiel.

– Désolé, dis-je, en parlant pour lui.

– Pas la peine.

Mais je l'étais vraiment.

Je me demandai combien de temps elle aurait attendu. Et si elle serait restée ici pour toujours, comme une otage, à attendre Cassiel. Avait-il jamais eu l'intention de revenir ? Le savait-il, quand il était parti ? Y avait-il réfléchi ? Est-ce que ça comptait, pour lui ?

Edie salua d'un geste de la main une femme avec un bébé, un homme chauve, une vieille dame avec un sac à provisions.

– Maintenant c'est fait, constata-t-elle, en hochant la tête vers la vieille dame. Dès qu'on lui dit quelque chose, tout le monde est au courant le lendemain, tout le monde saura que tu es revenu.

C'était justement ce que je ne voulais pas. Plus il y aurait de gens informés de mon retour, plus je risquais de faire un faux pas, et d'être découvert.

J'avais eu tort de venir en ville avec elle. C'était idiot de me montrer comme ça. C'était risqué. J'avais simplement voulu être avec Edie. Et être avec elle me rendait imprudent, j'allais me faire remarquer.

Je ne voulais pas être découvert. Je ne voulais pas partir, contrairement à elle. Je ne détestais pas du tout cet endroit.

Je regardai Edie. Je l'observai sans qu'elle s'en aperçoive. Maintenant que j'étais là, elle pourrait peut-être faire autre chose qu'attendre. Elle irait peut-être à l'université. Maintenant que j'étais revenu, elle pourrait partir.

Elle me quitterait peut-être, juste au moment où je l'avais trouvée.

J'aurais voulu savoir combien de temps je pourrais être son frère. Savoir si ça ne pourrait pas durer toujours.

– L'exhibition du monstre quitte la ville, dit-elle, et je saluai en même temps qu'elle les gens d'un geste de la main, même si je ne connaissais aucun d'entre eux, uniquement pour faire comme elle.

XII

En revenant à la maison, je vis la voiture de Frank. Je n'eus pas besoin qu'on me dise que c'était la sienne. La plaque d'immatriculation était FR4NK. La tension monta dans ma poitrine, me serra la gorge, tira et raidit tous les muscles de mon corps.

– Un con qui la ramène, ricana Edie, en arrêtant sa Peugeot gris métallisé à côté de son monstrueux et éclatant 4x4, un peu trop près pour qu'il puisse ouvrir sa portière.

– Accident, dit-elle en haussant les épaules. Qu'est-ce que j'y peux ? Les femmes au volant…

La porte d'entrée était fermée à clé. Elle frappa trois fois, de toutes ses forces.

– Il ferme tout, dit-elle. C'est obsessionnel, chez lui.

Je restai silencieux. Je fermai les yeux. J'avalai ma salive. Je sentais mon cœur, mon sang battre si fort à mes oreilles que j'en étais ébranlé.

Et s'il savait que j'étais moi ? S'il me regardait et disait simplement : « Non » ?

Edie ouvrit la boîte aux lettres creusée dans la porte, et cria à l'intérieur.

– Frank !

– On est si pressés que ça ? dis-je.

– On gèle, ici, répondit-elle. Et je n'aime pas me retrouver à la porte de chez moi.

J'entendis Frank descendre l'escalier. Je me l'imaginai en train de traverser la cuisine et d'arriver à la porte. Je sentis qu'il était juste de l'autre côté, qu'il occupait tout l'espace, prêt à me condamner.

– Voyons, dit-il en tournant la clé, puis en tirant le verrou. Il est là ? Cass ! Tu es là ?

– Oui.

Ma voix semblait lointaine, perdue.

La porte s'ouvrit et il apparut, brun comme Cassiel, et plus élégant, plus beau, les cheveux bien coupés, le visage sain et bronzé. Je regardai Frank et je vis l'argent. Je vis la santé, le confort et des choses que je n'avais jamais osé désirer. Il leva la main en un salut immobile, et me regarda fixement. Je l'imitai.

Pendant quelques instants il ne se passa rien, comme si le temps était étrangement suspendu. Je comptai jusqu'à trois dans ma tête, tandis qu'il me dévisageait et que je le regardais à mon tour, me préparant à toutes les éventualités. Au début, les yeux de Frank me semblèrent sombres et froids. J'eus la sensation que quelque chose était tapi là, quelque chose de fuyant, mais que j'eus quand même le temps de saisir du coin de l'œil.

Je la sentais dans mes os, la peur qu'il voie que je n'étais pas Cassiel.

Edie restait derrière nous.

J'attendis.

Les traits décidés de Frank s'adoucirent en un sourire, son sourire se transforma en rire. Ses dents étaient blanches, bien droites, régulières. Sa bouche dansait. Il me tendit les bras. Je m'y réfugiai.

– Cass, s'exclama-t-il. Petit frère !

Le soulagement me submergea, une chaleur dans mes veines. Et mon sourire ébréché répondit à son sourire parfait.

– Bonjour, Frank, dis-je.

Il me serra la main, me tapa dans le dos, m'étreignit.

– Laisse-moi te regarder, dit-il. Tu n'es plus si petit, mon Dieu !

Il était plus grand que moi. Il me tint par les épaules, et examina mon visage centimètre carré par centimètre carré. Il me prit le menton dans sa main droite, et me fit tourner la tête d'un côté à l'autre. Pendant un moment, j'eus l'impression d'être un portrait peint de Cassiel, une sculpture, un objet que Frank était en train d'acheter.

Il me prit par les épaules, me serra fort contre lui, et murmura quelque chose à mon oreille, de sa voix riche et chaleureuse.

« Très bien », c'est tout ce que je pus saisir. Je n'avais pas bien entendu.

– Comment ?

– Tu ne peux pas imaginer comme c'est bon de te voir !

J'essayai d'acquiescer de la tête. Il me serrait si fort que je ne pouvais plus bouger.

J'essayai de dire « J'imagine », mais ma bouche frottait contre la laine de son pull, rêche, parfumée, chaude.

Il m'embrassa sur la joue, un baiser sonore, joyeux, soulagé.

– D'où viens-tu ? me demanda-t-il.

Je haussai les épaules. Je ne pouvais rien faire d'autre.

– Ça n'a pas d'importance, dit-il. Je n'ai pas besoin de le savoir. Rentrons !

Il passa un bras autour de mes épaules, m'entraîna dans la cuisine. Edie nous suivit et ferma la porte. Helen était debout dans un coin, les mains jointes. Frank avait la peau douce, lisse, rasée de près. Son sourire était comme une lumière, qui éclairait les parties sombres de la pièce. Je ne pouvais pas détacher les yeux de lui. Mon nouveau grand frère.

Ce n'était pas comme ma rencontre avec Edie. Ce n'était pas comme l'existence soudaine d'une sœur sur laquelle je voulais veiller. Avec Frank, j'avais l'impression que quelqu'un d'autre allait veiller sur moi. Je n'avais pas ressenti ça depuis trop longtemps. J'étais tellement soulagé que je me sentais presque sans forces.

Il me tint encore à bout de bras, et m'observa.

– Où étais-tu passé ? On te l'a déjà demandé ? Bon sang, mais où étais-tu ?

Je ne répondis pas.

– Où est-ce que tu as attrapé ces cicatrices ? reprit-il.

Je rougis. Je savais que la morsure de chien ressortirait, pâle, sur ma peau rougissante, je savais que la coupure du diamant paraîtrait encore plus foncée. Étaient-ce ces marques laissées par un chien et par un garçon du nom de Rigg qui allaient me trahir ?

– Ça va, répondis-je. C'est rien.

Il plongea son regard dans le mien, puis le détourna, le laissant errer dans la pièce.

– Il est vraiment revenu, déclara-t-il à Helen et Edie, comme si, en l'affirmant à haute voix, il chassait tous les doutes qui pouvaient subsister. C'est en tout cas l'impression que ça me fit. Il est vraiment là.

Il se tourna de nouveau vers moi, sa lumière tomba sur moi.

– De retour de chez les morts. Notre Lazare à nous !

– Oh ! s'exclama Helen, en ramenant les bords de son cardigan contre elle. Ne dis pas ça !

– Où est le champagne ? demanda Frank. Est-ce que je l'ai laissé dans la voiture ?

Il sortit en laissant la porte ouverte, ses vêtements de ville immédiatement plaqués contre lui par le vent.

– Ça va, mam ? demanda Edie.

– Oui, bien sûr, répondit Helen en souriant. Je ne pourrais pas aller mieux.

Sa voix était joyeuse, mais son regard restait absent, je le voyais bien.

– Je vais faire du café, proposa Edie.

– Non, du champagne ! s'écria Frank, en revenant à grands pas et en poussant la porte du pied. Va chercher des verres, Edie.

– Je ne pense pas que mam ait besoin de ça, remarqua Edie à voix basse.

– Tu en veux, hein, mam ? demanda-t-il.

– Bien sûr, répondit Helen.

Frank déboucha lentement la bouteille, en expert, et le bouchon ne sauta pas bruyamment, mais se souleva avec un léger soupir. Le champagne sortit à flots de la bouteille, comme de l'écume de mer. Frank le versa dans quatre coupes, et les passa à la ronde.

– Portons un toast ! lança-t-il.

– Oh oui, acquiesça Helen.

– À toi ! dit Frank, en me regardant dans les yeux, d'un air confiant et chaleureux. À Cassiel ! À nous tous de nouveau réunis !

Edie leva sa coupe.

– Aussi longtemps que ça durera ! lança-t-elle.

Frank l'ignora.

– Bienvenue à la maison, Cassiel, dit-il.

– Merci, répondis-je, et je le pensais de tout mon cœur.

Je le regardai. Je regardai chacun tour à tour, Edie, Helen, Frank. Je voulais me rappeler ce moment le plus longtemps possible. Je voulais le garder tel quel dans ma mémoire pour toujours.

– Grâce à Dieu tu es revenu, dit-il.

– C'est bon d'être à la maison, répondis-je, et c'était la vérité.

– Ça, c'est sûr, approuva-t-il.

Le champagne avait un goût léger, sucré, vif et acidulé. Frank remplit ma coupe.

– Est-ce que tu aimes notre nouvelle maison ?

Je réfléchis à chaque mot avant de parler. Il ne fallait pas que je dise n'importe quoi. Mon esprit me semblait pétillant. Il dansait, avait une longueur d'avance. Je le sentais. Je ne pouvais pas faire d'erreur.

– Elle est super. Un rêve qui s'est réalisé, n'est-ce pas, mam ?

Helen acquiesça en souriant, et but une gorgée de champagne.

– C'est à Londres qu'on t'a trouvé, hein ? demanda Frank.

Il tira une des chaises qui étaient près de la table, et s'assit. Il était le propriétaire de la maison. Tout, dans sa manière de bouger et de parler, le proclamait.

– Oui, à Hackney.

– Tu es resté à Londres pendant tout ce temps ?

Est-ce que j'y étais ? Est-ce qu'il y était ?

– Oui, répondis-je.

– Tu y es allé directement, quand tu es parti d'ici ?

– J'ai pris le train, oui.

– Bizarre, dit-il, en reprenant la bouteille et en se versant un autre verre.

– Qu'est-ce qui est bizarre ? intervint Edie, ce qui m'évita de répondre moi-même.

Je pensai un instant que j'avais dit quelque chose qui n'allait pas, que Frank connaissait une version des faits différente. Une seconde, je crus que ça allait tout gâcher.

– C'est bizarre de penser que nous étions dans la même ville, pendant tout ce temps, toi et moi, reprit-il.

– C'est grand, dis-je. Beaucoup de gens sont là-bas en même temps.

Il hocha la tête, lentement, l'air pensif :

– Sept millions d'habitants. Et quelque. Mais quand même, deux d'entre eux étaient toi…

Frank me pointa du doigt, et je crus qu'il avait fini sa phrase. Je crus qu'il savait qu'il y avait deux Cassiel Roadnight. Je me sentis inondé de chaleur. Je brûlais sous le feu des projecteurs. Puis il tourna son index vers lui, et poursuivit :

– … et moi.

– Ça me plaît, dit Helen. C'est comme si vous étiez ensemble.

– Pas vraiment ! s'exclama Edie.

– Pourtant, c'est réconfortant, non ? Cassiel et moi si proches pendant tout ce temps, insista Frank.

– Comme au bon vieux temps, marmonna Edie, et il y avait quelque chose d'amer dans sa voix, dans sa façon de parler.

Frank sourit et leva sa coupe à ma santé. J'essayai de

lui sourire à mon tour. J'étais figé par la peur d'être découvert. Mon visage ne voulait pas bouger.

– Tu aimes ta chambre ? me demanda-t-il.

– Ma chambre est super.

– Il aimerait bien savoir ce que vous avez fait de toutes ses affaires, intervint Edie.

Helen alluma une cigarette.

– Tu as perdu quelque chose ? me demanda Frank. Il te manque des affaires ?

– Des petites choses, répondis-je.

– Rien de spécial ?

– Ça paraît juste un peu nu, dis-je. Un peu vide.

Frank se pencha et mit les pieds sur la table, en croisant les chevilles. Ses chaussures noires étaient bien cirées. Des chaussures chères, en cuir, des pompes de marque. Les semelles étaient décolorées, râpées, leur tendre couleur crème avait pris la teinte des trottoirs.

– Nous avons fouillé dans tes affaires, Cass, dit-il. Nous, et la police aussi. Il le fallait bien. Tu ne nous en veux pas ?

– Nous te cherchions, ajouta Helen.

– Et alors ? Vous avez trouvé beaucoup de choses ? demandai-je.

Je ne sais pas pourquoi j'avais posé cette question. Je devenais trop sûr de moi. C'était imprudent de ma part de l'interroger. Je me vis en train de patauger dans l'eau noire, sans savoir comment revenir sur le rivage.

– Non.

– Et ensuite, vous avez déménagé, dis-je. J'imagine que vous avez jeté des choses à ce moment-là.

– Exactement.

– Et mon ordinateur ? demandai-je. C'est vous qui avez tout effacé ? Ou c'est la police ?

Frank fronça les sourcils.

– Non, répondit-il, en reposant les pieds par terre.

Il remua une jambe, puis l'autre, et se pencha en avant, les coudes sur la table.

– C'est toi qui as fait ça, n'est-ce pas, Cass ? Je pensais que c'était toi.

– Ah, marmonnai-je, en sentant la chance m'abandonner. (Quelle erreur j'avais faite !) Ah oui.

– Nous pensions que tu avais tout effacé toi-même pour qu'on ne puisse pas te retrouver, insista Frank. C'est ce que les policiers ont déclaré. Ils se sont trompés ?

Je ne répondis pas.

– Qu'est-ce qu'ils ont dit ? Tu t'en souviens, Edie ? poursuivit Frank.

Edie nous regarda tour à tour.

– Ils ont expliqué que ça laissait supposer que tu avais décidé de partir. Que nous devrions le considérer comme une preuve que tu n'avais pas eu d'accident ou quoi que ce soit de ce genre, et que c'était un acte prémédité.

Je comptai jusqu'à dix. C'était à Cassiel de parler, je le savais. C'était à lui de dire quelque chose.

– Je suis désolé, murmurai-je. Je suis désolé de vous avoir tous laissés tomber.

Les phares d'une voiture balayèrent la façade de la maison et s'éteignirent. Je ne m'étais pas rendu compte que la nuit tombait jusqu'alors. Je n'avais plus aucune notion du temps.

– Qui ça peut être ? demanda Edie.

Mon visage se figea. Je sentis soudain ma peau se tendre sur mes os.

– Je ne sais pas, répondit Helen. Est-ce qu'on attend quelqu'un ?

Frank se leva.

– Non, répondit-il en me regardant avec un sourire.

– Nous sommes tous là, tu t'en souviens ?

Je n'aimais pas la façon dont il avait dit ça. Je sentis fléchir la corde raide sur laquelle je marchais. Le sol tanguait, loin en dessous.

Edie s'approcha de la fenêtre, appuya son visage contre la vitre. Elle mit les mains au-dessus de son front pour ne pas être gênée par nos reflets sur les carreaux. Frank ouvrit la porte. La lumière et la chaleur de la cuisine contrastaient avec le froid bleu-gris du dehors. C'était comme un autre monde, à l'extérieur.

J'essayai de deviner qui pouvait venir jusqu'ici à cette heure, dans cette maison perdue au milieu de nulle part. J'essayai de ne pas penser que c'était pour moi.

– Ce sont deux hommes, je crois, dit Edie. Je ne les connais pas.

– Mon Dieu, fis-je malgré moi.

– Comment ? demanda Helen.

Je serrai les poings. Comment m'avait-on retrouvé ? Quelles traces avais-je laissées derrière moi ?

– Ils n'ont pas perdu de temps, remarqua Frank.

Je lui jetai un coup d'œil. Qu'est-ce qu'il voulait dire ? Est-ce qu'il savait ? Est-ce qu'il attendait qu'on vienne me chercher ?

– Qui est-ce, Frank ? demanda Helen.

Il ne répondit pas et sortit de la maison. Il alla à la rencontre des deux hommes sur la terrasse. J'avais un poids sur la poitrine, mes poumons se contractaient, je n'avais plus d'air, je haletais.

– Qu'est-ce qui t'arrive, Cass ? demanda Edie, depuis l'autre bout de la pièce.

Helen et Edie m'observaient.

Je ne leur répondis pas. Tout mon être était centré sur la porte, sur ce qui allait venir. Les services sociaux. L'attrapeur d'enfants. La police.

Je retins mon souffle, et lorsque Frank rentra, il croisa mon regard. Il sourit.

Je me demandai ce qu'il avait vu en me regardant. La terreur qui se peignait sur mon visage ne pouvait pas lui avoir échappé.

L'un des hommes était jeune, il portait un grand appareil photo numérique, avait du gel dans les cheveux, et un costume bon marché. Le deuxième était plus vieux, cheveux gris, bedonnant. Sa veste sentait l'encaustique et le chien mouillé.

– Bonjour, dirent-ils, un peu embarrassés.

Le plus âgé des deux ajouta qu'ils étaient désolés de s'imposer comme ça. Ils parcoururent la pièce des yeux, et leur regard s'arrêta sur moi.

Mon cœur battait à tout rompre. J'avais les mains moites. Je les frottai sur mon pantalon. J'essayai d'humecter mes lèvres avec ma langue sèche. Je ne dis rien. Je ne souris pas, je restai immobile, en attente.

Frank ne me quittait pas des yeux, lui non plus, mais lorsqu'il parla, ce fut pour s'adresser à nous trois :

– Mam, Edie, Cassiel, j'espère que ça ne vous ennuie pas. Ces messieurs travaillent au journal local.

– Oh, dit Helen.

Elle regarda Frank, cherchant son approbation. Elle regarda Edie, puis moi, et sourit.

Les deux hommes s'avancèrent pour lui serrer la main.

– Nous avons téléphoné tout à l'heure, dit l'un d'eux. Nous avons parlé à… euh…

– C'est à moi que vous avez parlé, l'interrompit Frank. Désolé tout le monde, j'ai oublié de vous prévenir.

Il me fit un clin d'œil. Le nœud autour de mon cou se desserra un peu.

– Des bruits ont circulé en ville aujourd'hui, commença l'homme. Plusieurs personnes auraient aperçu votre fils.

Il me regarda en parlant. Tout le monde avait les yeux fixés sur moi.

On n'était pas venu me chercher. On n'allait pas m'emmener.

Edie haussa les sourcils et sourit.

– L'exhibition du monstre, me souffla-t-elle.

Est-ce que cela ennuierait Helen, demandaient les journalistes, est-ce que cela ennuierait l'un de nous s'ils prenaient une photo, s'ils faisaient un petit papier ?

– C'est une excellente idée, répondit Frank. Je suis vraiment désolé. J'ai oublié de prévenir, dans toute cette excitation. Ça ne te dérange pas, Cass ?

– Non, répondis-je, en souhaitant seulement que mon pouls ralentisse, que mon visage perde sa rigidité cadavérique. Non, bien sûr.

Le plus jeune des journalistes me tendit la main.

– Cassiel.

– Bonjour, dis-je.

Étais-je censé le connaître ? Tout le monde devait se connaître dans une ville aussi petite.

– Bienvenue chez vous.

– Ouais. Merci.

– On va prendre une photo de vous tous ensemble.

Il fallut se rassembler devant la table, en levant nos verres. Je m'attendais à moitié à ce que quelqu'un remarque comme c'était factice, et dise quelque chose. J'étais épuisé de trembler tout le temps, de regarder sans cesse derrière moi de peur de voir arriver un ennemi. J'étais vidé.

– C'est une grande nouvelle, déclara le plus vieux. Vous devez tous être très heureux.

– Oui, répondit Frank. Nous sommes sonnés. Nous sommes aux anges.

Tout était noté dans un carnet. Tout ce qu'il racontait était noté. Comme c'est drôle, pensai-je, quelle ironie : chaque fois que quelque chose d'extraordinaire se passe, et que quelqu'un essaie d'exprimer sincèrement ce qu'il ressent, on a l'impression qu'il débite des foutaises. On dirait des blagues sorties d'une pochette-surprise, des mots sortis d'un chapeau. Il n'y a pas moyen de décrire ces états extrêmes que sont la joie ou la tristesse. Mon monde s'est écroulé. Je suis aux anges. C'est le jour le plus beau, le pire, le plus triste, le plus heureux de ma vie. Il n'y a pas de mots.

– Est-ce que vous pensiez revoir Cassiel un jour ?

– Oui, absolument, répondit Frank. Nous savions qu'il reviendrait un jour, n'est-ce pas, mam ? Nous n'avons jamais perdu espoir.

Le flash de l'appareil crépita, la photo était prise, j'étais pris. J'avais les traits figés, la langue liée, les mains trop lourdes, les oreilles brûlantes. La lumière d'un bleu éblouissant m'avait fait cligner des yeux, et restait imprimée sur ma rétine, comme un carré aveugle.

Frank était calme, imposant. On aurait cru que la famille Roadnight recevait un prix.

– Nous voudrions remercier tous ceux qui ont soutenu nos efforts pour retrouver Cassiel, déclara-t-il. Nous voulons les remercier pour tout le mal qu'ils se sont donné, et pour cet heureux dénouement.

– Voulez-vous dire quelque chose, Cassiel ? me demanda le journaliste. Avez-vous une déclaration à faire ?

Je fis non de la tête.

– Je suis tout simplement content d'être à la maison.

Helen rayonnait sous l'effet de la boisson, des médicaments et du bonheur. Elle ne prononça pas un mot. Elle se contentait de sourire, d'un air vague, pour l'appareil photo.

Edie me prit la main.

– Tu vas bien ? demanda-t-elle.

J'acquiesçai d'un hochement de tête. Je ne pouvais pas parler.

– Ça fait un peu beaucoup pour toi, non ?

– Oui, un peu.

– Sacré Frank ! Quel comédien ! Tout le monde pourrait croire que vous vous aimiez vraiment, tous les deux !

C'était curieux la façon dont elle avait lancé ça, comme une plaisanterie. J'eus tout à coup envie de rire, de rire d'elle, de rire de toute cette situation.

Je serais bientôt dans le journal. Cassiel était officiellement, publiquement revenu. Je n'arrivais pas à savoir si ça signifiait que j'avais gagné, si je pouvais me détendre, ne fût-ce qu'un tout petit peu.

Oui, mais s'il me voyait, lui ?

Que se passerait-il, quel que soit l'endroit où il se trouvait, s'il apprenait ce que je lui avais pris ? Il savait peut-être déjà que j'étais là. Et peut-être même qu'il n'était pas loin.

Frank raccompagna les hommes à leur voiture, maintenant qu'ils avaient eu ce qu'ils voulaient. Je les observai par la fenêtre. Frank leur serra la main, leur donna des tapes dans le dos. Il plaisanta et ils éclatèrent de rire, par convenance, l'air embarrassé.

Je regardai mes mains, surpris de ne pas voir à travers, et inquiet d'en être surpris. J'étais à bout de nerfs, je n'en pouvais plus d'être sans cesse sur mes gardes. J'étais tendu comme une corde de violon.

– Est-ce que tu restes ? demanda Helen à Frank, lorsqu'il revint.

– Bien sûr. Deux ou trois jours, répondit-il. Aussi longtemps que je pourrai.

– Formidable ! dit-elle, en inclinant son verre et en laissant le reste de champagne glisser dans sa bouche ouverte. Je suis tellement contente !

– C'est une occasion très spéciale, dit Frank. N'est-ce pas, Cassiel ?

– Oui, répondis-je en souriant.

Edie toucha Helen à l'épaule.

– Tu as tes deux fils à la maison, mam. Quelle impression ça te fait ?

Helen ne répondit pas. Elle ne regardait personne. Elle hocha simplement la tête, son verre toujours à la bouche, les larmes aux yeux.

– C'est une impression extraordinaire, répondit Frank à sa place. Comme un second souffle, une nouvelle vie, hein, mam ?

Une tout autre vie, Frank. Une double vie. Voilà ce que c'était.

XIII

Il y avait tellement d'amour chez les Roadnight que ça en devenait étouffant. Je n'arrivais plus à respirer.

C'était comme essayer de survivre sous l'eau. Je n'étais pas fait pour ça.

Je vivais chaque jour, chaque heure, chaque seconde sous un microscope. Je savais qu'à chaque minute une toute petite chose que je risquais de dire, penser ou faire pouvait donner l'alarme, les alerter sur le fait qu'ils noyaient d'amour un étranger.

Imaginez que vous ayez une chose très précieuse, une chose que vous ayez désirée toute votre vie, puis que vous ayez si peur pour elle que vous ne n'en profitiez jamais, craignant sans cesse qu'elle se casse. Voilà comment c'était. Je ne savais pas comment avoir cette chose, cette famille. Comment l'avoir et ne pas la détruire.

J'avais désiré une vraie famille depuis si longtemps, une maison pleine d'affection, un endroit au monde où je serais chez moi, comme les autres. Puis j'en avais trouvé un. Mais il n'était pas à moi. Et ce n'était pas comme je l'avais imaginé. Je ne m'y sentais pas comme je l'aurais cru.

J'avais l'impression d'être filmé, de jouer dans une pièce qui n'en finissait pas, de vivre en cage.

Je m'enfermais comme un secret. Je me tenais à l'écart. Je ne parlais presque plus. Il me semblait que c'était le meilleur moyen de ne pas avoir d'ennuis.

Je ne retournai pas en ville avec Edie. Je ne m'achetai pas d'autres vêtements. J'avais trop peur d'aller où que ce soit, j'étais trop angoissé à l'idée de quitter la maison, comme si elle pouvait disparaître dès que j'aurais le dos tourné.

Les autres ne paraissaient pas tellement surpris. Ils pensaient peut-être que je me réadaptais. Ils pensaient peut-être que le fait de revenir après une si longue absence rendait forcément étrange, prenait du temps. Ils acceptaient ma tendance à la réclusion, mes sautes d'humeur sans se décontenancer, comme s'ils y étaient habitués. Ils ne me poussaient pas à sortir davantage, ni à être plus sociable. Ils ne me demandaient pas pourquoi je ne voulais pas voir mes amis. Ils étaient très attentionnés. Prévenants. Je me demandais si Cassiel avait été comme ça quand il était là. Je lui ressemblais peut-être plus que je ne le croyais. Il était peut-être lunatique, parano et terrorisé, comme moi.

Moi seul, caché dans le corps de Cassiel, pouvais voir la différence. Moi seul, piégé à l'intérieur de la vérité, toujours sur mes gardes, brûlant d'être libre. J'avais raconté ce mensonge, et maintenant j'étais obligé de le garder, comme si j'y étais enchaîné, comme si je traînais un boulet, comme si j'étais épinglé au mur.

Parfois, un regard d'Helen, une parole d'Edie, la main chaude de Frank sur ma nuque me laissaient tremblant tellement j'avais besoin de leur dire la vérité. J'avais alors envie de crier, de me débattre, de casser tout ce qui m'entourait, jusqu'à ce qu'ils disparaissent, jusqu'à ce que tout ait disparu.

Quelque chose en moi se mit à rêver de ne plus rien avoir, aussi intensément que j'avais rêvé d'avoir une famille. Je désirais de nouveau ne plus être personne avec la même soif que j'avais eue de devenir Cassiel. Je désirais rester à l'écart, à part, seul, et ne pas faire comme tout le monde. Parfois, j'aurais simplement voulu reprendre mon mensonge, ne pas le dire, ne l'avoir jamais dit.

On ne peut jamais changer ce qui s'est passé. Je le savais.

Mais je commençais à penser que je ne pourrais jamais changer ce qui allait se passer non plus.

Je commençais à penser que je n'avais aucun contrôle sur ce qui allait venir, que, quoi que je fasse, ça n'aurait aucune influence sur la suite. Je pouvais toujours cacher la vérité le mieux possible, je pouvais faire tous les efforts imaginables, on finirait par la découvrir.

Et il y avait peut-être aussi quelque chose en moi qui voulait qu'on la découvre.

De quoi avais-je l'air ! J'avais voulu me libérer de moi, de Chap, la bête traquée, et j'étais devenu Cassiel Roadnight, quelqu'un qui avait aussitôt été attrapé et jeté en prison. Quelqu'un qui était gavé d'amour, lié, et acculé par l'amour.

C'était étouffant. J'étouffais. Avais-je donc fait tout ça pour en arriver là ?

Je passais mes journées à marcher sur la corde raide, sur le fil du rasoir, essayant de ne pas me faire remarquer, de ne pas tout faire basculer, de ne pas être coupé en deux. Et je commençais à me dire que ce n'était pas la peine. Que la vérité avançait et que, comme une balle, elle allait me frapper entre les deux yeux.

Grand-père m'aurait mis en garde contre ça, contre le désir d'avoir une famille, de mener une vie normale. D'après lui, la normalité n'était jamais ce qu'on croyait. Il disait que toutes les familles sans exception avaient une ombre obscure en leur sein, un terrible secret.

– Sinon la vie serait trop ennuyeuse, et nous aurions tous laissé tomber, disait-il.

Je lui avais demandé quel était notre secret.

– Je ne te le dirai pas, avait-il répondu.

– Pourquoi ?

– Ce secret a une raison d'être, avait-il répliqué, en me tapotant le nez de son long doigt cireux.

– Quelle raison ?

– Il vaut mieux que ça reste un secret.

Il aurait dû me parler alors. C'était l'occasion ou jamais de le faire, et il l'avait laissée passer.

Pourtant, l'amour était bien présent dans la maison de grand-père. Simplement, ce n'était pas quelque chose qu'il fallait exprimer, montrer et démontrer toute la journée. Ce n'était pas quelque chose qui m'enfermait, me culpabilisait. Mais cet amour m'était adressé à moi, c'était sans doute là toute la différence. Et il était silencieux.

Une seule fois Grand-père m'a dit qu'il m'aimait. C'était après la période où nous étions ensemble, au moment où nous n'avions plus le droit de nous voir. Au moment où je le détestais de toutes mes forces, de chaque atome d'énergie que je pouvais rassembler. C'était la chose la plus triste, la plus exaspérante que j'avais jamais entendue.

Ce n'est pas parce qu'il ne l'avait pas dit avant, cependant, que je ne le savais pas, de même que je savais que l'eau est faite d'hydrogène et d'oxygène, ou que les chats savent monter aux arbres.

Grand-père m'aimait lorsqu'il choisissait un livre pour me le lire. Lorsqu'il me donnait des carrés de chocolat qu'il sortait de la poche de sa veste, de sous l'horloge, de derrière mon oreille. Lorsque je voyais mes chaussures cirées, cirées comme il avait appris à le faire enfant, en crachant et en frottant. Ou qu'il me passait ma clé autour du cou, pour que je puisse aller où je voulais, toujours confiant, sûr que je reviendrais.

Il m'aimait, et je le sentais à sa façon de me réveiller, en posant sa main douce sur ma tête, avec son odeur de whisky frais.

– Chap, mon garçon. La journée a commencé.

Dans la chambre de Cassiel, dans la vie de Cassiel, je me réveillais chaque matin avec une seule pensée en tête, un seul mot : « Stop. »

Je dormais mal. Je faisais des rêves où j'étais en colère, traqué. Je me réveillais au moindre bruit, le cœur battant, me redressant d'un coup, comme si j'étais pris. Même le froissement des feuilles suffisait, ou mon propre souffle, rapide et irrégulier dans le noir.

Les battements de mon cœur résonnaient sourdement à mes oreilles toute la journée, et pilonnaient mon oreiller, la nuit. Mes mains tremblaient quand je me passais de l'eau sur le visage. Parfois, lorsque je me regardais dans la glace, je n'étais plus sûr d'être moi. Les contours de mon visage s'estompaient. J'avais l'impression de perdre la tête. Je le sentais.

Je n'avais pas voulu être moi. Mais être ce que l'on est n'est pas vraiment une question de choix. Tout le monde le sait.

J'étais Cassiel Roadnight à la surface, mais en dessous j'étais un fou enfermé dans le grenier, un cinglé dans sa cellule, qui gémissait, hurlait, tapait à la porte et la griffait pour sortir.

Je ne pouvais plus continuer comme ça. Je n'y arrivais plus. Tant pis pour ce que j'avais désiré si fort. Il fallait que ça cesse.

XIV

Je sortis de la maison alors qu'il faisait encore nuit, avant que les autres se réveillent. J'avais dû m'habiller comme Frank. J'avais cherché mes vieux vêtements, ceux que je portais en arrivant, mais quelqu'un les avait jetés. J'avais pris une écharpe et un manteau sur la patère, ainsi qu'une paire de bottes sans lesquelles je n'aurais pas pu tenir longtemps dans le froid.

Je descendis le chemin, franchis le portail, puis avançai à travers champs, en plein vent, l'air était si froid que c'était presque insupportable. Le jour se leva tandis que je marchais. Les montagnes apparurent derrière leur lit de nuages, comme si elles se réveillaient en même temps que moi.

J'étais seul.

Je marchai plus d'une heure avant de m'arrêter. Plus je m'éloignais de la maison, plus j'avais l'impression de me retrouver, moi, même si je ne savais pas très bien qui j'étais.

Je les imaginais endormis, dans leur lit, Frank, Helen, Edie. Je me demandai si ce serait très dur pour eux de perdre Cassiel une deuxième fois.

Pas plus dur que ce que j'étais en train de leur faire faire. Pas plus que s'ils savaient la vérité.

Je n'avais jamais pensé que j'étais mauvais. Les gens pouvaient me le répéter autant de fois qu'ils le voulaient, je ne les croyais pas, je savais qu'ils avaient tort. Mais depuis que j'avais volé la vie de Cassiel, je n'en étais plus si sûr. Ce qu'ils disaient sur moi était devenu vrai, tout simplement.

Je ne le vis pas arriver à cause des nappes brumeuses, nuageuses qui s'accrochaient en haut des choses, et ne se dissipaient que lentement. Les objets en émergeaient brusquement, se dressaient soudain – des rochers, des arbres, des gens. Quelqu'un.

Un garçon. Grand, maigre, vêtu de noir.

J'aurais pu l'éviter en faisant un détour ou en m'accroupissant derrière des ajoncs, mais le temps d'y penser, il était trop tard. Nous nous retrouvâmes l'un devant l'autre, dans ce matin opaque, surgissant de la brume. C'est ainsi que je m'en souviens. Il me vit. Je l'entendis dire le nom de Frank, non pas à moi, mais doucement, pour lui.

Je gardai la tête baissée, la hochai légèrement pour le saluer, puis essayai de passer. Je lui jetai un regard furtif.

Il était de mon âge, aussi grand que moi, la peau foncée, indien peut-être, et il portait un vieil habit à queue de pie noir, une écharpe rouge, un chapeau melon cabossé. On aurait dit qu'il venait de s'échapper d'un cirque, avec ses cheveux bruns hirsutes, brillants, et ses yeux immenses, écarquillés. Il devint tout blanc, non, plutôt vert, comme s'il allait perdre connaissance, ou vomir. Il eut l'air stupéfait de me voir. Terrifié.

– Cass ?

Sa voix se brisa.

Je m'arrêtai net, et lui aussi au moment où il avait prononcé ce nom, comme si nous ne pouvions pas faire autrement. C'était bien ma chance ! J'avais évité tous les amis de Cassiel, et je tombais sur l'un d'eux au moment où je m'en allais.

– Tu n'es pas Frank ? Est-ce que tu… est-ce que c'est Cassiel ?

Je ne voulais pas répondre. J'essayai de reprendre mon chemin.

– C'est bien ça, reprit-il en posant la main sur mon bras pour m'arrêter. C'est toi. Ce n'est pas possible.

– Qu'est-ce qui n'est pas possible ?

– Tu es mort, me dit-il. Est-ce que tu es mort ?

– Non.

– Comment se fait-il que je ne l'aie pas su ?

Il semblait avoir reçu un choc. Ses yeux étaient exorbités, noirs, vides. Il était vraiment en état de choc.

– Quoi ?

Je croyais que tout le monde était au courant après ma visite en ville. C'est ce qu'Edie m'avait fait comprendre.

– Pourquoi tu ne me l'as pas dit ? demanda-t-il.

Je ne pouvais plus m'éloigner, à cause de son expression, une expression où se disputaient l'horreur et le soulagement.

– Tu es un fantôme ? me demanda-t-il à voix basse, comme si c'était juste entre nous, comme si nous n'étions pas seuls.

– Non. Regarde. Tu as ta main sur mon bras.

Il l'enleva brusquement, puis la posa de nouveau, il tâta mon biceps, vérifiant qu'il était fait de chair et d'os. Il reprenait des couleurs.

– Merde, dit-il. *Fuck*.

Il repoussa son chapeau d'un doigt, se gratta la tête. Il leva les mains en l'air, comme si quelqu'un pointait une arme sur lui, une arme qu'il aurait trouvée plus amusante qu'effrayante. Sa façon de faire, de bouger, tout en lui était élégant et fascinant, comme une danse. Je ne pense pas qu'il le faisait exprès. Il avait simplement ça en lui, ce don étrange, cette grâce. Je le remarquai aussitôt. Normalement, ce n'était pas le genre de choses que je remarquais.

Il me dévisageait.

– Cassiel Roadnight, dit-il, une main sur le front, l'autre tendue vers moi comme pour me poser une question. Est-ce que j'ai des hallucinations ?

– Oui, répondis-je.

– Vraiment ? Désolé. *Fuck*. Est-ce que tu es réel ?

– Comment ?

Il ferma les yeux et la lumière disparut de son visage.

– Je décide d'aller marcher un peu, dit-il. Un autre jour d'ennui dans ma vie misérable, solitaire, et soudain…

Il rouvrit les yeux. Je plongeai mon regard dans le sien.

– … tu es là.

J'attendis la suite.

– Tu me hantes, reprit-il.

– Mais non.

– Alors tu es revenu du royaume des morts.

– Je ne suis pas mort. Je n'étais pas mort.

Il rit.

– Je dois m'être trompé, alors.

– Oui. Sûrement.

– Je suis content, dit-il.

Puis il se mit à grogner, à regarder par terre, comme s'il était tout sauf content, et il pressa fortement la paume de ses mains contre ses yeux.

– Il faut que j'y aille, murmurai-je.

– Quoi ? C'est tout ce que tu as à me dire ? Il faut que tu y ailles ?

Je lui demandai ce qu'il voulait que je lui dise.

– Bonjour Floyd, pour commencer.

Floyd. Il s'appelait Floyd.

– Bonjour, Floyd.

Il m'agrippa, m'étreignit et me relâcha aussi vite.

– Excuse-moi, dit-il.

– Pas de problème.

Il regarda le ciel. Il leva les mains ouvertes vers le haut, comme s'il était Jésus, comme s'il posait une question à Dieu. Puis il pointa le doigt vers moi, comme s'il la posait à mon sujet.

– Qu'est-ce qui se passe ? demanda-t-il.

– Je ne sais pas.

– Qu'est-ce qui s'est passé ?

– Je n'ai pas envie d'en parler. Pas maintenant.

– Oh, très bien.

Je lui souris, mais il ne me rendit pas mon sourire. Je ne savais pas de quoi il parlait. Je ne savais pas quoi dire. Je voulais simplement repartir.

– Et maintenant, comment ça se passe ? demanda-t-il.

– Quoi ?

– Maintenant ? Ça va ?

– Non.

– Bon, quand voudras-tu vraiment me parler de tout ça, Cassiel ? demanda Floyd, d'un ton sec comme un coup de feu, caustique, sarcastique.

– Je ne veux pas, répondis-je.

– Je ne peux pas me contenter de ça, répliqua-t-il.

– Désolé.

– De quoi ? De quoi exactement, dans toute cette histoire ?

– Qu'est-ce que tu veux dire ?

– *Si je ne suis pas revenu dans trois heures*, murmura-t-il, *brûle tous ces trucs, enterre-les, débarrasse-t'en, ou je suis mort.*

Il me citait. Il citait Cassiel. Il me fallut une seconde pour m'en rendre compte.

– Comment ? demandai-je.

– Laisse tomber.

– Attends ! Recommence !

Mais il refusa.

– Et maintenant, reprit-il, voilà que je tombe sur toi, en train de faire un petit tour comme si de rien n'était, m'annonçant tranquillement que tu n'as pas envie de m'en parler ?

Floyd posa la main sur ma poitrine, et approcha son visage tout près du mien. Ses yeux étaient noirs de fureur.

– Qu'est-ce qui se passe ? demanda-t-il.

Je réfléchis aux paroles qu'il avait prononcées. J'essayai de les réentendre dans ma tête. Floyd continuait de parler. Il criait à présent :

– Tu vas faire comme si je n'étais pas là ? Hein ? Ça va recommencer ?

– Je ne sais pas.

– Est-ce que tu sais quelque chose ? Est-ce que tu vas me dire quelque chose qui ait un sens ?

Je me mis à trembler. Tout mon corps tremblait, et je ne pouvais pas l'arrêter. Ça n'avait rien à voir avec la force de volonté, rien à voir avec ce que je pensais. C'était mon corps qui se révoltait contre mon esprit. Je craquais. C'est ce que je ressentais. Je me secouai et regardai Floyd pour voir s'il s'en était aperçu.

– Ça va ? me demanda-t-il.

– Pas trop.

– Qu'est-ce qui t'arrive ?

– Aucune idée, répondis-je. Non, vraiment, je ne sais pas.

– Merde. Tu as toujours des ennuis ?

J'acquiesçai d'un hochement de tête. Plus que tout ce que tu peux imaginer, pensai-je.

– Qu'est-ce qui se passe ?

– J'avais l'intention de m'enfuir de nouveau.

– Très drôle.

– Je ne plaisante pas.

– Tu n'es pas mort.

– Apparemment pas.

– Bon, c'est déjà ça, remarqua-t-il en souriant. Jamais été aussi content de m'être trompé de toute ma vie.

– Merci.

Il me regarda d'une drôle de façon. Il fronça les sourcils et détourna les yeux.

– Où étais-tu ? demanda-t-il.

– Je suis allé à Londres.

– Tu n'as pas pensé que tu aurais pu le faire savoir à quelqu'un ? J'étais un écran de fumée ? C'est ça ?

– Non, je ne crois pas.

– Qu'est-ce que j'étais, alors ?

– Je ne peux pas te le dire.

– Je ne peux pas te rendre tes affaires.

Je ne lui demandai pas quelles affaires. Je me contentai d'une question :

– Pourquoi ?

– Je ne les ai pas.

– Je ne sais plus où j'en suis, dis-je.

– Tu n'es pas le seul. Frank est chez toi ?

– Oui.

– Mon Dieu ! Comment ça s'est passé ? demanda Floyd.

Je haussai les épaules.

– Tu as vu tout le monde ? Tu as vu ta bande ?

Je répondis que non. Que j'étais resté avec ma famille.

– Je ne suis pas prêt à affronter une bande.

Il eut un sourire amer.

– Ça ne te ressemble pas.

– Peut-être que si, maintenant.

Il rit. Il trouvait ça drôle.

– Floyd.

– Oui ?

– Raconte-moi ce qui s'est passé.

– Tu en sais plus que moi.

– Dis-moi ce que tu sais, toi. Je voudrais l'entendre.

– Tu as oublié ?

Il se mit à rire. Il fit quelques pas en arrière, comme s'il devait soudain s'en aller.

– Ouais. Quelque chose comme ça, répondis-je.

– La nuit du feu d'artifice, commença-t-il. Tu t'en souviens ? La foule, les fusées, le feu de joie, le Géant d'osier, et toi qui inventais un tas de conneries, prétendant que tu étais en danger, puis qui disparaissais. Ça ne te rappelle rien ?

– Je voudrais simplement savoir ce qui s'est passé, de ton point de vue.

Il jeta un coup d'œil à sa montre.

– D'accord, si tu veux. Je te verrai tout à l'heure. Laisse-moi juste le temps de faire ce que je dois faire, et on se retrouve.

– Où ?

– Sous la tour de l'horloge.

Il faudrait que je regarde où c'était exactement.

– Tu as intérêt à y être, dit-il. Il vaudrait mieux que ce ne soit pas un de ces rêves bizarres, ou une de ces hallucinations dues à des champignons. C'est à se demander si je n'en ai pas pris. Il vaudrait mieux que ça ne vienne pas de là.

– Floyd ?

– Quoi ?

– J'ai rien à voir avec ces champignons. Je ne suis pas une hallucination.

– Non. Tu es bien pire.

– Je suis content de te voir, moi aussi, dis-je.

Il sourit, fit quelques pas en arrière, salua, et se retourna.

Je le regardai s'éloigner à grandes enjambées élastiques, les basques de son habit à queue de pie voletant dans le vent comme si elles étaient vivantes. Il ne ressemblait pas au genre d'amis que j'aurais imaginé que Cassiel ait pu avoir, ce qui prouvait à quel point je le connaissais peu. J'observai Floyd, tandis qu'il disparaissait au loin, puis je fis demi-tour et repartis dans l'autre sens, le ciel dégagé, à présent, le jour bien commencé.

De quoi Floyd avait-il parlé ? Dans quels ennuis se débattait Cassiel ? Je voulais savoir. Je resterais encore un jour pour voir si ça changeait quelque chose.

Soudain, je ne partais plus.

XV

À mon retour, Helen, Frank et Edie étaient assis à la table de la cuisine. Helen écrasa sa cigarette.

– Je croyais que tu étais au lit, dit-elle.

– J'avais besoin d'air.

– C'était comment ? demanda Edie.

Elle venait de se laver les cheveux, ils étaient mouillés. Elle paraissait très jeune.

– Bien, répondis-je. J'ai vu Floyd.

Helen fut prise d'une quinte de toux convulsive, comme si elle avait avalé de travers. Edie devint toute blanche et m'adressa un signe négatif de la tête, comme un avertissement, rapide, sec, impérieux.

Seul Frank ne réagit pas. Je pense qu'il ne m'avait pas entendu. Il était en train de lire le journal, et il le referma, le secoua, le replia soigneusement, dans un bruit de papier froissé. Il me montra la couverture. Il y avait une photo de nous, en plein milieu, sous le titre : ENFIN À LA MAISON. Je lui pris le journal des mains et lus à haute voix :

– *Cassiel Roadnight, de Felindre, près de Hay on Wye, est revenu dans sa famille après une longue absence. Cassiel avait disparu de Hay on Wye depuis deux ans, et sa famille s'est battue longuement et courageusement pour le retrouver. « C'est la récompense de nos efforts, cela montre que nous ne nous sommes pas donné tout ce mal en vain », a déclaré sa sœur Edie.*

– Je n'ai jamais dit ça, protesta Edie. Nous savons tous que je n'ai pas ouvert la bouche.

– *Le frère de Cassiel, Frank, un banquier qui vit actuellement à Londres, et sa mère Helen* (Helen se montra du doigt en gloussant) *ont déclaré que rien n'aurait pu les rendre plus heureux, leur donner plus de joie que le retour de Cassiel sain et sauf à la maison.*

J'examinai la photo. Je n'avais pas l'air d'un imposteur. J'avais l'air bien réel, propre, aimé, et d'être chez moi. J'avais l'air d'être Cassiel Roadnight. C'est incroyable tous les orages que notre visage peut cacher, les terribles convulsions en dessous, sans que la moindre ride apparaisse à la surface. Je regardai la photo, et vis une famille qui avait retrouvé son fils. C'était saisissant, émouvant.

Mais sous l'émotion et, curieusement, sous l'orgueil qui gonflait les poitrines, il y avait une veine noire de panique, comme le charbon profondément enfoui sous les collines environnantes. Je laissai la panique dérouler son film dans ma tête.

Où qu'il soit, Cassiel voyait cette photo de lui qui n'était pas lui. Il s'emparait du journal pour regarder de plus près, pour examiner cette photo de moi avec sa famille, et il la froissait rageusement dans sa main. Puis il découpait grossièrement mon visage, un carré aux bords déchiquetés dans sa poche, un espace vide dans la photo, là où j'étais, là où il avait été. Cassiel Roadnight était en route, il revenait chercher ce qui lui appartenait.

Je le sentais approcher. Il était dans le train, la campagne défilait, il contemplait son visage, mon visage, reflété dans la vitre. Je le voyais monter la longue colline jusqu'à la nouvelle maison. J'eus cette image de lui, aussi claire que du cristal, devant la porte d'entrée. Le garçon dont la vie avait été volée, finalement chez lui. J'eus cette brusque vision, paralysante, de notre rencontre dans cette pièce, tous deux face à face, mon mensonge et moi. Frank sortirait sur la terrasse pour aller vers lui. Puis je l'imaginai rentrant dans la maison, son bras passé autour des épaules de son vrai frère, comme il l'avait fait avec moi. J'essaierais de passer, de franchir la porte, mais quelqu'un m'en empêcherait. Je me jetterais par une fenêtre, dans un mélange de verre et de sang, et m'enfuirais dans la nuit.

Frank me parlait. Je m'efforçai de revenir à la réalité, dans la pièce où nous nous trouvions.

– C'est super, non ? dit-il. Maintenant, c'est officiel.

– Oui.

– On le voit imprimé, et c'est réel, tout à coup. Le fait de le voir écrit le ramène vraiment à la maison.

– C'est sûr, approuva Frank. Cass est à la maison, et personne ne peut plus nous l'enlever.

Si, ils peuvent, pensai-je. Et vous ne devineriez jamais qui.

J'allai dans sa chambre. J'approchai une chaise de la fenêtre et m'assis, pour le guetter. Que se passerait-il si Cassiel Roadnight se montrait ?

Si je le voyais venir, je pourrais m'enfuir. Je pourrais sortir par une porte tandis qu'il entrerait par l'autre, en douce, sans que personne s'aperçoive du changement, de la façon la plus indolore qui soit. Les autres n'auraient pas besoin de savoir ce qui s'était passé. Je n'existerais plus. Ils n'auraient pas besoin de me haïr.

Car c'était cette haine qui me faisait peur, plus peur que tout.

Je n'aurais pas besoin de m'enfuir. Je pourrais rester et lutter. Je pourrais lui ouvrir la porte, et dire : «Va-t'en ! J'étais là le premier.» Ou je pourrais faire la guerre. Je pourrais mentir en l'attendant. Je pourrais rester assis ici, en haut de ma tour, et guetter l'ennemi. Je pourrais le combattre. Je pourrais l'empêcher de jamais arriver jusqu'ici.

Allais-je effacer Cassiel Roadnight de la surface de la Terre, si j'y étais contraint, pour protéger ce que j'avais ? Quand ce serait le moment, était-ce le choix que je ferais ?

Je demeurai assis près de la fenêtre, à l'affût, m'interrogeant. Mon désir de rester là était-il si fort ? Jusqu'où étais-je prêt à aller ?

Je n'étais pas prêt à tuer en tout cas. Je ne pourrais pas

le faire, quelle que soit l'intensité avec laquelle je désirais garder ce que j'avais pris.

Edie entra sans frapper.

– Qu'est-ce que tu fais là ? me demanda-t-elle.

– Je réfléchis.

Mes mains étaient cramponnées si fort au bord de ma chaise qu'elles me faisaient mal. Je lâchai prise, puis pliai et dépliai les doigts pour les assouplir. Je ne quittai pas la fenêtre des yeux. Je restai assis.

– Qu'est-ce qui se passe ? Qu'est-ce qui ne va pas ?

– Rien. Tout va bien, répondis-je.

– Tu n'en peux plus d'être à la maison ?

– Pourquoi ?

– Tu n'en peux plus de jouer les familles heureuses ?

Qu'est-ce que j'étais censé dire ? Avoir une famille heureuse, c'est un rêve, pour moi, qui s'est réalisé. J'essaie de m'y habituer. Mais je ne peux même pas en profiter, parce qu'il est toujours sur le point de se briser.

– Je trouve qu'on est bien tous ensemble, qu'on est plutôt heureux.

Elle bâilla, releva ses cheveux et les attacha sur sa nuque.

– Là, tu deviens franchement drôle.

– Non. Je suis sérieux.

– Très bien. Les choses vont se dégrader, de toute façon, dit-elle.

Elles ne vont pas se dégrader, elles vont m'exploser à la figure, pensai-je.

– L'un de nous va craquer, reprit-elle. Et ce sera forcément Frank, comme d'habitude.

– Qu'est-ce que tu veux dire ?

Je savais qu'il y avait toutes les probabilités pour que ce soit plutôt moi. Ou la surface de la Terre, pour m'engloutir. Ou encore eux tous lorsqu'ils apprendraient la vérité.

– À propos de Floyd, lança-t-elle.

Je me souvins alors de la pâleur de son visage, de sa stupeur, quand j'en avais parlé un peu plus tôt. Je me souvins de son signe de tête, sec, impérieux.

– Eh bien ?

– Tu ne peux pas faire ça, dit-elle.

– Faire quoi ?

– Ne parle pas de lui, c'est tout. Ne mentionne pas son nom.

– Pourquoi ?

Elle leva les yeux au plafond et haussa les épaules.

– Frank ne le supportera pas. S'il te plaît, n'en parle pas !

Je me demandai ce que Frank avait contre Floyd. Il n'aimait peut-être pas sa façon de s'habiller.

– Je dois le voir tout à l'heure, dis-je.

– Floyd ?

J'acquiesçai de la tête.

– Pourquoi ? demanda-t-elle. Pourquoi tu ferais ça ?

Je la regardai.

– Et pourquoi pas ?

– Pourquoi justement lui ! dit-elle en fermant les yeux et en secouant la tête. Tu ne peux pas faire ça.

– Mais pourquoi ?

– Où est-ce que tu dois le voir ? Il n'est pas le bienvenu ici. Il sait très bien qu'il ne devrait pas venir.

– Qu'est-ce qu'il a fait ?

– Oh, mon Dieu, soupira-t-elle. Mam va disjoncter, je ne plaisante pas, Cass. Frank va devenir fou. Voilà ce que ça va faire. Ne va pas le voir, Cass. Ce n'est pas la peine.

Helen poussa la porte et entra. Je ne l'avais pas entendue venir.

– Voir qui ? demanda-t-elle.

Edie leva les yeux vers elle.

– Personne.

Helen me regarda fixement. Je me souvins de sa brusque quinte de toux lorsqu'elle avait entendu le nom de Floyd.

– Il s'agit de Floyd ? C'est de Floyd que vous parlez ?

– Non, répondit Edie, mais ce n'était pas elle qu'Helen regardait, c'était moi.

Elle avait l'air de quelqu'un qui s'est réveillé trop vite. Elle paraissait complètement perdue.

– Pourquoi ? demanda-t-elle en se tenant à la poignée de la porte, qu'elle tournait et tournait sans cesse.

– Floyd est mon ami. J'ai envie de le voir.

– Il n'est pas ton ami, répliqua Helen. Comment peux-tu raconter une chose pareille ?

Puis elle cria dans l'escalier :

– Frank !

– Quoi ?

Elle resta dans l'embrasure de la porte, nous regardant tour à tour Edie et moi, la panique montant dans sa voix.

– Frank ! Viens voir !

– Non, mam, ne l'appelle pas ! intervint Edie. Cass n'ira pas. C'est réglé. D'accord, Cass ? dit-elle en me regardant.

Helen inspira, s'apprêtant à crier de nouveau.

– Quoi ? demanda Frank, d'en bas.

– Il va lui téléphoner, n'est-ce pas, Cass ? reprit Edie. Il va expliquer à Floyd qu'il ne peut pas le voir.

– Qu'est-ce qu'il y a ? cria Frank, plus fort.

– S'il vous plaît, implora Edie en s'adressant à Helen et moi. Allons ! Tout va bien. Ce n'est pas la peine de le déranger.

Personne ne bougea. Je me demandai pourquoi Edie tenait tellement à ce que Frank ne sache rien. Je me demandai pourquoi ça la rendait si anxieuse. Je percevais sa peur dans la chambre, c'était la peur qui accélérait le débit de ses paroles, écarquillait ses yeux et avivait la couleur de ses joues. Qu'est-ce qui l'effrayait donc tant ?

Helen me dévisageait. Je ne pouvais pas lui faire baisser les yeux. Je détournai le regard.

– Cass, s'il te plaît, téléphone-lui, me demanda Edie. Téléphone-lui tout de suite.

Je ne connaissais pas son numéro, bien sûr.

– Je n'ai pas mon portable, dis-je.

Elle répondit qu'elle chercherait le numéro.

– Qu'est-ce que tu veux ? cria Frank.

Je l'entendis qui commençait à gravir les marches.

Edie était presque hors d'elle. Elle avait peur de lui. C'était comme si un monstre montait l'escalier. Je ne pouvais pas laisser faire.

– D'accord, dis-je rapidement. Je l'appellerai.

Elle poussa un grand soupir de soulagement, se dirigea vers la porte et cria à Frank :

– C'est rien. Mam a vu une grosse araignée. Mais on l'a attrapée !

Puis elle sortit de la chambre et revint avec l'annuaire du téléphone, le doigt sur le numéro de Floyd. Elle me tendit son portable. Je fis ce qu'on me demandait. Je le pris, composai le numéro, attendis que Floyd décroche. Helen resta près de la porte pendant tout ce temps. Elle m'observait.

– Allô ?

– Floyd. C'est Cass.

– Ouais. Je suis sur le point de partir.

– Non. Ne viens pas. Il vaut mieux pas.

– Ah.

– Désolé.

– J'ai compris. Je le savais.

– Tu savais quoi ?

– Rien. Pas de problème. Tant pis. J'ai été ravi de te connaître.

– Comment ?

– On se verra un de ces jours.

– Non. Je ne peux pas.

J'insistai sur les derniers mots. J'espérais qu'il comprendrait ce que je voulais dire. Je ne pouvais pas parler devant Edie et Helen. Je ne pouvais rien expliquer. Mais je voulais toujours le voir.

– Cass ?

– Oui.

– Est-ce que tu peux parler ?

Bingo.

– Non.

– OK. Alors…

– Alors…

– Alors, qu'est-ce que tu veux faire ?

Je ne répondis pas. J'attendis qu'il trouve la solution.

– Je serai sous la tour de l'horloge de toute façon, qu'est-ce que tu en penses ? J'attendrai.

– Très bien. Merci.

– Tu viendras ?

– Oui.

– Si tu peux, c'est ça ? À tout à l'heure.

– Oui.

Je raccrochai, et rendis son portable à Edie.

– Merci, dit-elle.

Je demandai à Helen :

– Satisfaite ?

Helen acquiesça. Elle serra ses bras contre sa poitrine.

Je me demandai si j'étais censé savoir ce qui se passait.

Je me demandai si je pouvais me permettre de poser des questions.

Helen rompit le silence. À sa façon de parler, on aurait dit qu'il ne s'était rien passé. Sa voix était différente, légère, ensoleillée, comme si elle avait immédiatement oublié la tension qui régnait dans la pièce quelques instants auparavant.

– Je sors avec Frank, annonça-t-elle. Il m'invite à déjeuner.

– Amusez-vous bien, dis-je.

– Mam ! appela Edie.

Helen se retourna.

– Ne lui en parle pas, demanda Edie. C'est réglé, maintenant. Cass a arrangé ça. N'en parle pas à Frank. Tu sais comment il est.

Helen acquiesça d'un signe de tête. Elle posa un doigt sur ses lèvres et nous sourit, puis elle referma la porte en sortant.

Aucun de nous deux ne parla pendant une minute. Edie jouait avec le coin d'un oreiller. Elle ouvrait et refermait un tiroir.

– Depuis quand est-ce que vous êtes amis, Floyd et toi ? demanda-t-elle enfin.

– Il est sympa, je l'aime bien.

Edie hocha la tête, perplexe, et me sourit d'un air un peu méfiant.

– Ce n'est pas ce que tu disais d'habitude.

– Qu'est-ce que je disais ?

– Qu'il était cinglé. Qu'il serait toujours marginal. Qu'il te mettait mal à l'aise. Qu'il te donnait la chair de poule.

Cassiel n'aimait pas Floyd.

J'étais entré dans un nouveau champ de mines. J'avais intérêt à regarder où je mettais les pieds, et à en sortir le plus vite possible.

Je me défilai d'un haussement d'épaules.

– J'essaie peut-être de me montrer plus tolérant.

– Oui, eh bien ce n'est pas la peine d'essayer avec lui.

– Pourquoi ?

– Teste ta nouvelle personnalité sur quelqu'un d'autre. Floyd n'est pas ton ami, Cass. Il n'est l'ami de personne, dans cette famille.

– Qu'est-ce qu'il a fait ?

– C'est un menteur.

Moi aussi. Je suis le plus grand menteur que tu aies jamais rencontré. Tout ce qui me concerne n'est que mensonge.

– Sur quoi a-t-il menti ?

– Il a prétendu que tu étais mort, Cass.

– Et alors ? Un tas de gens pensaient que j'étais mort. Tu m'as même avoué que toi aussi, tu l'avais cru.

– Il a prétendu qu'il savait que tu étais mort. Il l'a raconté à tout le monde. Il l'a raconté à la police. Il est devenu fou.

– Je ne savais pas. Comment aurais-je pu le savoir ?

– Eh bien, tu es au courant, maintenant. Pourquoi est-ce que tu voulais tellement le revoir, tout à coup ? D'où t'est venue cette envie ?

– Pourquoi est-ce qu'il a fait ça ? demandai-je. Pourquoi est-ce qu'il a raconté ça ?

– Aucune idée. Il disait qu'il avait des preuves.

– Quelles preuves ?

– Justement, dit-elle. Tu n'es pas mort, je ne vois donc pas comment Floyd aurait pu prouver que tu l'étais !

Soudain, cette pensée s'imposa à moi, mobilisant toutes les cellules de mon cerveau.

Je n'étais pas mort moi. Mais... peut-être que Cassiel Roadnight l'était, lui.

– C'était horrible, reprit Edie. C'était dégoûtant, complètement tordu. Il ne voulait pas se taire.

Je ne pouvais pas m'arrêter de penser à cette nouvelle éventualité. Elle sonnait comme une cloche dans ma tête.

– On essayait tellement de croire que tu étais vivant, poursuivit Edie. On ne pouvait qu'espérer. Et Frank faisait absolument tout. Frank...

Je me retournai, et m'éloignai de la fenêtre.

– Qu'est-ce que Floyd a raconté, exactement ?

– Il disait que tu étais mort. Il disait qu'il le savait avec certitude, et...

– Et quoi ?

– Ça n'a abouti à rien, Cass. Il n'avait pas de preuve. Il essayait simplement de créer des problèmes, et il ne s'est rien passé. C'est un type tordu, un sale petit...

– Qu'est-ce qu'il a raconté exactement ? insistai-je. Dis-le-moi, je le découvrirai de toute façon.

Edie me regarda. Elle se mordit les lèvres.

– Il a dit que c'était Frank qui l'avait fait.

Je reçus le coup en pleine poitrine. J'avais soudain une vue d'aigle. Mes oreilles se débouchèrent brusquement, comme si jusqu'à présent j'avais entendu Edie à travers un mur. Mon sang se figea. Je jure que c'est vrai. Je cherchai de la main le bord froid, dur, du bureau derrière moi. Je cherchai la chaise, pour pouvoir m'asseoir sans tomber.

– Merde, dis-je.

Je sentis les couleurs se retirer de mon visage. Mes pensées se bousculaient, sans aucun contrôle.

– Je sais, dit-elle. Tu peux imaginer à quel point il était bouleversé, comme nous l'étions tous.

– Mon Dieu !

Mon corps était glacé. Il faisait chaud dans la chambre, mais je frissonnais.

– Maintenant, tu vois pourquoi tu ne peux pas aller retrouver Floyd. Pourquoi nous le détestons.

– Je ne comprends pas, dis-je, en ne m'adressant pas vraiment à elle.

C'était sorti tout seul.

– Moi non plus. C'était une plaisanterie immonde. Et maintenant que tu es là, ça prouve qu'il avait tort.

– Oui, dis-je. Je suis là.

– Tu es vivant. Et c'est un menteur.

Je ne répondis pas.

– Tout le monde verra à quel point c'était immonde, reprit Edie. Personne ne lui adressera plus la parole.

Je me concentrai sur ma respiration. J'avais l'impression que, si je ne le faisais pas, elle risquait tout simplement de s'arrêter.

– Comment pourrais-je savoir pourquoi il a fait ça, Cass ? poursuivit Edie. Pourquoi Floyd aurait-il inventé un mensonge pareil sur toi ? Sur Frank ?

Je ne savais pas comment répondre à cette question. Je ne savais pas quoi dire.

Frank monta alors l'escalier, puis frappa à la porte. J'essayai de voir ce qu'il y avait derrière son beau visage chaleureux, ses vêtements immaculés, sa voix douce, son sourire affectueux. Y avait-il quelque chose de plus sombre ?

– On y va, dit-il. J'avais envie d'inviter mam. Ça ira, tous les deux ?

Je ne pouvais plus parler. Mes lèvres étaient collées l'une contre l'autre, ma langue paralysée.

– Tout ira bien, répondit Edie en souriant. C'est gentil de ta part, Frank. Elle en a besoin.

Frank me sourit et referma la porte. Je ne pus cligner des yeux qu'après son départ. Était-il possible qu'il cache quelque chose ? Je ne le pensais pas.

Si c'était le cas, il était meilleur à ce petit jeu que moi.

Et si c'était le cas, voyait-il le mensonge écrit en toutes lettres sur mon visage ?

Dans une heure, Floyd m'attendrait sous la tour de l'horloge. Je me fichais de ce qu'Helen et Edie voulaient que je fasse ou pas. J'irais, et je découvrirais ce qu'il en était.

XVI

Je n'avais jamais eu d'ami avant Floyd. Je me racontais des histoires en me persuadant qu'il était le premier. C'est triste, je sais, c'est pitoyable. Car depuis le début je n'arrêtais pas de me répéter que ce n'était pas réellement mon ami, mais celui de Cassiel. J'avais simplement volé son amitié, comme tout le reste. Je m'en étais emparé avidement, avec une reconnaissance insidieuse et pathétique, à partir du moment où je l'avais rencontré.

Je n'avais jamais connu personne de mon âge. Pas vraiment. Nous avions essayé quelquefois, avec grand-père, de nous faire des amis dans le parc, mais les mères étaient sur la défensive et gardaient leurs distances, quant aux enfants, ils poussaient des cris stridents, étaient toujours en bande, et se moquaient de mes vêtements. Ça ne marchait pas.

Grand-père ne m'envoyait pas à l'école, ça ne valait pas la peine de faire autant de paperasserie pour ça. Voilà ce qu'il disait. Il disait que c'était perdre son temps et le mien. Je savais déjà lire, écrire et compter. Apparemment, le reste dépendait de moi. D'après grand-père, l'école ne servait qu'à se mettre en rangs et à s'asseoir, en attendant qu'on nous donne à manger à la petite cuiller des bouchées toutes mâchées d'informations approuvées par le gouvernement. C'est dans la vie réelle qu'on apprenait à se débrouiller seul, à traquer la connaissance pendant des jours et des jours, et à la dénicher.

– Je devrais le savoir, disait-il. J'ai été prof.

Je m'étais donc habitué à vivre en marge, à passer la plus grande partie de mon temps dans la solitude. Vue de l'extérieur, une cour de récréation émet les mêmes bruits qu'un rassemblement de mouettes autour d'un bateau de pêche, ou que des poulets se jetant sur du grain. Vus de l'extérieur, les autres enfants se cachent de vous, se retranchent derrière leur façade, jusqu'à ce que l'un d'entre eux ait assez d'audace pour prendre un bâton et vous frapper, jusqu'à ce qu'un autre vous chasse.

Floyd ne m'avait pas chassé. C'est pour ça que je l'aimais. Mais pourquoi l'aurait-il fait ? Je semblais être la seule personne qui lui adressait la parole.

Floyd se déplaçait dans un cercle de silence. Où qu'il aille, les gens s'arrêtaient de parler et le regardaient. Ils ne se donnaient même pas la peine de cacher leur mépris. Si on voulait évacuer un immeuble, dans cette ville, il suffisait d'y mettre Floyd. Si on voulait faire taire une foule, il suffisait de l'amener devant elle pour qu'elle le dévisage. Je m'en aperçus dès le premier jour, en me rendant à notre rendez-vous. Il se tenait près de la tour de l'horloge, dans son étrange tenue noire, en face de la petite mairie, dans une zone réservée à lui seul, excluant tous les autres. Je jure que pas même les oiseaux, la vermine, les insectes n'osaient enfreindre la règle. Il était totalement seul.

Je me rappelle avoir pensé que nous avions ça en commun.

Grand-père aurait aimé Floyd. Il aurait aimé sa façon d'être, de lire, de parler, de penser, différemment des autres. Il aurait aimé son côté marginal. Il aurait aimé, comme moi, tout ce qui en faisait une personne à part.

J'avais emprunté la bicyclette d'Edie sans sa permission. J'imagine que ce n'était pas mon plus grand crime. J'avais demandé à un vieux paysan la direction à prendre pour se rendre en ville. Il avait gardé les yeux fixés sur l'horizon pendant tout le temps où nous avions parlé. La tour de l'horloge, avait-il dit, est au bout de la ville.

– Elle est grande. Avec une horloge. Vous ne pouvez pas la rater.

– Combien de temps faut-il pour y aller ?

Il s'était mis à rire, fixant toujours un point au loin.

– Ça dépend de la vitesse à laquelle vous pédalez.

J'avais mis moins de vingt minutes. Floyd me vit descendre l'étroit passage qui menait vers lui, et un sourire éclaira son visage. J'entrai dans son espace vital sans ciller. Je sautai à bas de mon vélo.

– Hello, dis-je.

– Je ne pensais pas que tu viendrais.

– Il faut qu'on parle, répondis-je.

Son sourire s'effaça aussitôt. Il parut effrayé, honteux, confus.

– Alors, tu es au courant.

– Edie m'a raconté.

– Qu'est-ce qu'elle t'a dit ?

– Que tu avais prétendu que j'étais mort. Que Frank m'avait tué.

Floyd enfouit son visage dans ses mains et frémit.

– Alors, maintenant tu peux me détester, comme tout le monde. C'est normal, je l'ai mérité. On a fini ? Je peux m'en aller ?

– C'est pour ça que tout le monde te déteste ? À cause de ce que tu as raconté ?

– J'ai toujours eu une longueur d'avance sur tous ceux qu'on ne supporte pas, répondit-il. Tu le sais.

– C'est vrai.

– Essaie d'être à moitié indien dans une petite ville isolée. Essaie d'être un enfant adopté, à moitié indien, végétarien, qui lit des poèmes et s'appelle Floyd.

– Et qui s'habille comme s'il sortait d'un cirque, ajoutai-je. Tu as oublié.

– Merci de me le rappeler. Tu étais toujours le premier à me le faire remarquer.

– Il n'y a pas de quoi, dis-je. Et note bien que je ne te déteste pas.

Floyd leva les yeux, interloqué.

– C'est vrai ?

Je haussai les épaules.

– On est amis, non ?

– Je ne sais pas.

– En fait, j'envisage de devenir végétarien, moi aussi.

Il parut déconcerté. Il me regarda comme si je lui jouais un tour, comme s'il s'attendait à ce que ça tourne mal.

Nous marchions vers le fleuve, vers un endroit qu'il appelait le labyrinthe. Floyd dit que ce n'était peut-être pas très bon pour moi d'être vu en sa compagnie, étant donné les circonstances. Il dit qu'on formait une drôle de paire.

– Je suis surpris que tu m'aies retrouvé dans un endroit public. Les gens vont te voir avec moi, tu sais ? ajouta-t-il.

– Je me montre avec qui je veux, et je me fiche de ce que les gens peuvent en penser.

– Depuis quand ? s'exclama-t-il.

Nous traversions la ville, en direction du fleuve. Les passants nous regardaient bouche bée. Je suppose qu'ils ne s'attendaient pas à voir une chose pareille, le garçon mort et le calomniateur, en train de se promener ensemble. Je commençais à me rendre compte qu'avant non plus on ne devait pas le voir souvent avec Cassiel. Floyd gardait la tête baissée. Il rentrait les épaules et le menton, traversant l'hostilité manifeste, comme s'il y était habitué depuis longtemps. Je poussai le vélo d'Edie, essayant d'avoir l'air amical, tout en évitant de croiser les regards.

Près du château, des jeunes de notre âge étaient regroupés sur l'étroit trottoir devant nous. Ils criaient et sifflaient. Floyd se recroquevilla encore dans ses vêtements. Je descendis mon vélo sur la chaussée, les contournai, puis remontai sur le trottoir. Je ne les vis pas vraiment. Je ne les regardai pas vraiment.

– Qu'est-ce que tu viens de faire ? me demanda Floyd.

– Quand ?

– Là, maintenant, pourquoi tu as fait ça ?

Je le regardai sans comprendre.

– Quoi ?

Il jeta un coup d'œil derrière lui. Les jeunes sur le trottoir s'étaient tus et ils nous fixaient en silence. L'un d'eux cria :

– Roadnight, qu'est-ce que tu as ?

– Ce sont tes amis, dit Floyd. Ce sont tous tes amis qui sont là. Tu as fait semblant de ne pas les voir, tu les as snobés. Tu es simplement passé à côté d'eux. Avec moi !

Je tombai des nues. Je ne m'étais rendu compte de rien, bien sûr. Qu'est-ce que je pouvais faire, maintenant ?

– Oh, salut ! dis-je en agitant la main.

Ils me répondirent d'un signe, vexés, muets d'étonnement. Deux ou trois d'entre eux me maudirent et s'éloignèrent.

Je n'avais pas le temps de m'en occuper.

– Allons-y ! dis-je à Floyd.

– Quoi ?

Je repris mon chemin. Je ne voulais pas marcher devant lui, car je ne savais pas où nous allions. Il restait immobile et me regardait d'un drôle d'air. On aurait cru qu'il faisait des additions dans sa tête.

– Qu'est-ce qu'il y a ? demandai-je. Allons, viens !

Il me regarda comme si j'étais fou, comme s'il s'inquiétait pour ma santé.

Il me rattrapa et passa devant moi, à mon grand soulagement.

– Comme tu veux, dit-il.

En arrivant à l'église, nous descendîmes un sentier qui longeait ensuite le fleuve. Il grouillait de chiens. Il fallait regarder où l'on mettait les pieds pour ne pas glisser sur une crotte. L'odeur montait, âcre, dans l'air. Le chemin aboutissait à un terrain communal où paissaient des moutons, et où des enfants jetaient des pierres dans un méandre du fleuve. Les rapides montraient les dents, une ligne blanche mouchetée d'écume qui traversait l'eau sur toute sa largeur. Je regrettais d'avoir ce vélo avec moi. L'air était humide. Le sol mou, détrempé, marécageux. La bicyclette s'enfonçait dans la boue. Floyd marchait vite, devant moi. Il se retourna et écarta les bras, tel un épouvantail noir au milieu de la campagne. Je le suivais, tirant le vélo sur les touffes d'herbe, les excréments de mouton, coupant le virage creusé par le fleuve.

Il y avait quatre personnes sur le terrain communal, trois hommes et une femme qui construisaient quelque chose, le début de quelque chose. Une structure en bois. C'était déjà plus haut qu'eux.

– Qu'est-ce que c'est ? demandai-je.

– Tu ne vois pas d'ici ? Ils commencent à fabriquer le Géant d'osier. C'est la période, quand on y pense.

Nous restâmes quelques minutes à regarder. Ils utilisaient de longs brins d'osier, qu'ils enroulaient sur eux-mêmes, pour leur donner forme.

– Ah oui, dis-je. C'est vrai.

Dans deux jours, ce serait la nuit des feux d'artifice, le 5 novembre. Deux ans après la disparition de Cassiel. Deux ans après la mienne.

Ce n'était pas un moment de l'année auquel j'avais envie de repenser.

Floyd quitta le chemin pour entrer dans un petit bois. Il était de nouveau assez loin devant, parce que ma roue arrière s'était prise dans des ronces. Je mis un certain temps à la dégager.

Ce fut immédiatement différent dans le bois. Plus froid, plus sombre et mortellement silencieux. Je n'entendais que le bruit de nos pas et le craquement des branches devant moi. J'avais presque rattrapé Floyd, lorsque je vis soudain son dos disparaître dans une sorte de creux. J'appuyai le vélo d'Edie contre les racines d'un arbre déterré.

– Attends-moi ! criai-je, en descendant dans le fossé derrière lui. Tu es le lapin blanc ou quoi ?

– Lewis Carroll ou Hunter S. Thompson ? répliqua-t-il.

Comme je l'ai dit, grand-père aurait aimé Floyd.

Nous nous assîmes dans cette cuvette de boue tassée.

Floyd voulait que ce soit Cassiel qui parle le premier. Je le voyais bien. Il restait simplement assis là, à me regarder, à attendre que je dise quelque chose.

– Pourquoi tu as inventé toute cette histoire ? lui demandai-je.

Floyd avait ramassé un bâton et il commençait à le dépouiller de son écorce.

– Quoi ? Que tu étais mort ? Tout ça ?

– Ouais.

– Je ne l'ai pas inventé.

Il sourit. Il me regarda. Comment raconter à une personne assise en face de soi qu'on n'a pas inventé qu'elle était morte ? Il se reprit :

– Je ne pensais pas que je l'inventais. J'y croyais.

– D'accord. Mais pourquoi est-ce que tu y croyais ?

Il me lança un regard noir.

– À cause de toi. À cause de ce que tu m'avais dit.

– Explique-toi.

– Nous étions tous les deux là, rappela-t-il.

– Je sais.

– C'est toi qui as toutes les réponses.

J'éludai sa question. Je jouais un jeu dangereux, essayant d'approcher la vérité à tout prix, et je croisais les doigts pour qu'il ne s'en aperçoive pas.

– Imagine que je ne sois pas Cassiel, dis-je. Imagine que je sois quelqu'un d'autre qui ne soit au courant de rien. Raconte-moi ce qui s'est passé.

Il me regarda d'une drôle de façon.

– Pourquoi je devrais faire ça ?

– Parce que je veux voir les choses de ton point de vue.

– Tu es bien le premier.

Je m'installai confortablement, pour que le bas de mon dos repose contre la pente boueuse de la cuvette.

– Eh bien, si c'est moi qui t'ai mis dans le pétrin... dis-je.

– Pas de doute là-dessus.

– Vas-y. Je t'écoute. Je n'ouvrirai pas la bouche.

Tout est arrivé le jour de Hay on Fire, la fête des feux d'artifice. En plein milieu du spectacle, raconta Floyd, il y a deux ans moins deux jours.

Il raconta que le dédale de feu était allumé – il l'appelait le labyrinthe –, et que l'homme au fouet de flammes était en pleine action, lorsque j'avais couru vers lui, lorsque Cassiel avait couru vers lui.

– Tu t'en souviens ? Il donnait des coups de fouet, faisant jaillir ces grands flamboiements ?

– Je m'en souviens, dis-je.

– C'était génial, non ? Complètement fou mais génial !

– Oui.

– Comment est-ce que qu'on s'aperçoit qu'on est capable de faire ça ?

– Quoi ?

– Tremper une longue lanière de cuir dans de la paraffine et faire éclater de grands nuages de feu ?

Je lui souris.

– Je ne sais pas.

– Justement. Quoi qu'il en soit, tu t'es précipité sur moi au milieu de tout ça. Tu as traversé le labyrinthe comme s'il n'existait pas, comme si tu ne le voyais pas.

– Ouais.

– Tout le monde criait, et je pensais que ta cape, tes chaussures allaient prendre feu.

– Mais ce ne fut pas le cas.

– Tu planais, tu devais être complètement parti, non ?

– Probablement.

– Ou effrayé. C'est ce que j'ai pensé. Que tu étais terrifié.

Il me lança un regard interrogateur. Mais je ne lui répondis pas.

Il raconta que la fanfare jouait et que les roulements de tambour résonnaient lourdement, sourdement, pénétrant dans le corps par les pieds, les mains, la poitrine, autant que par les oreilles.

J'aimais sa façon de décrire les choses.

– Je me rappelle, dis-je.

– Bien.

– Tu portais une cape, reprit-il, et tu avais un masque sur le visage, un masque rouge et noir. Tu vois lequel.

J'acquiesçai d'un hochement de tête.

– Continue.

– Je ne savais pas que c'était toi, au début. Je ne savais pas qui se dirigeait droit vers moi dans l'obscurité.

– Qu'est-ce que je t'ai dit ?

Floyd leva les yeux et regarda dans le vide pendant qu'il se rappelait chaque mot.

– Tu as dit : « Je suis cuit. Il sait que c'est moi. Tout est fini. Je suis mort. »

Je restai silencieux.

– Tu as dit que Frank savait que c'était toi. Voilà ce que tu as dit.

– Est-ce que j'ai prononcé le nom de Frank ? lui demandai-je. Ou est-ce que j'ai dit « Il » ?

Le doute passa sur son visage. Je le vis.

– Tu as dit « Frank », non ? Oui, je crois. C'est de lui que tu parlais en tout cas. Je le savais.

– OK.

Floyd regarda son bâton au lieu de me regarder moi. Il en détacha l'écorce en fines lanières.

– Tu m'as lancé le sac que tu tenais sous ta cape, poursuivit-il. Tu m'as demandé de le cacher, ou de l'enterrer, ou de le brûler. Tu m'as dit que, si tu ne revenais pas, je devrais m'en servir pour le coincer.

– Coincer qui ?

– Frank.

– Qu'est-ce qu'il contenait ?

Floyd jeta son bâton. Il se gratta la tête, remua un peu, et souffla sur ses cheveux pour les écarter de ses yeux.

– À quoi on joue exactement ? Pourquoi est-ce que tu me demandes ça ?

– Réponds-moi, c'est tout.

Il fronça les sourcils.

– Tu m'as expliqué ce qu'il contenait. Des papiers avec des notes, des chiffres, des trucs dans le genre. Tout était là, d'après toi.

– Qu'est-ce que j'ai dit d'autre ?

Un chien arriva soudain dans la clairière au-dessus de nous, resta au bord de la cuvette, à regarder au fond. Un jack russell terrier, qui haletait, la langue pendante. Quelqu'un l'appela. Il se lécha les babines, et repartit. Nous le suivîmes des yeux, Floyd et moi, avant de reporter notre attention l'un sur l'autre.

– Tu as ajouté que tu étais désolé de me mettre ça sur les bras, mais que j'étais la dernière personne à laquelle Frank penserait.

– C'est vrai ?

– Oui. Que c'était pour ça que tu me donnais le sac, parce que c'était le dernier endroit où il penserait aller le chercher.

– Bien.

– Tu as expliqué que Frank savait que tu l'avais, et que, s'il t'arrivait quelque chose, ce serait à cause de ça.

– Quoi d'autre ?

– Tu as dit : « Il va me tuer. Frank essaie de me tuer. » C'est suffisant ?

Je déglutis. J'avais la bouche sèche.

– J'ai dit ça ?

– Absolument. Pourquoi tu m'obliges à le répéter ? Tu sais bien ce que tu as dit ce jour-là.

– Et après ?

– Après, tu es parti en courant. Tu es allé dans la direction du Géant d'osier. Et voilà. Je ne t'ai plus jamais revu jusqu'à ce matin.

Il me sourit – un sourire grave, sans humour. Pas étonnant qu'il ait reçu un tel choc en voyant Cassiel. Pas étonnant qu'il lui ait demandé en face s'il n'était pas mort.

Je me secouai un peu. Il était difficile de poser les bonnes questions, d'apprendre ce que je devais savoir, tout en ayant toujours l'air d'être Cassiel. Je savais que je marchais au bord d'un précipice, que je risquais à tout moment de me trahir et de tomber. Floyd perdait patience. Pourquoi avais-je besoin de lui demander tout ça alors que j'avais été là, et que c'était moi qui le lui avais dit ?

– Est-ce que tu as vu Frank ? demandai-je.

– Non, pas cette nuit-là, non, je n'ai vu personne. Je t'ai cherché pendant un moment, mais je ne t'ai pas trouvé. Ensuite, je suis rentré chez moi. Tu m'avais bousillé la soirée. Tu m'avais tué.

Où était allé Cassiel ? Qu'est-ce qui lui était arrivé ?

– Pourtant, Frank était là, cette nuit-là, reprit-il, des gens l'ont vu. Il était dehors le lendemain matin, en train de nettoyer. Et il était dehors avec tous les autres le lendemain soir. Je l'ai vu. Il te cherchait, comme nous tous. Il avait pris les choses en main, d'une certaine façon.

– C'est bien son genre.

Floyd acquiesça.

– Je l'ai évité.

Je laissai retomber ma tête contre la boue. J'essayai d'y voir clair. Cassiel était donc allé voir Floyd, craignant pour sa vie, craignant son frère. Pourquoi Floyd aurait-il inventé ça ? Qu'est-ce qu'il y aurait gagné ?

– Tu as fait quoi du sac ? lui demandai-je.

– Je l'ai caché, et j'ai attendu.

– Et après ?

– Au bout de quelques jours, comme tu ne réapparaissais pas, je l'ai donné à la police.

– Quoi ? Tu as fait ça ?

– Oui, je leur ai répété ce que tu m'avais dit.

– Qu'est-ce qui s'est passé ?

– Ils l'ont fouillé. Ils ont déclaré que ça n'avait aucun intérêt.

– Et les trucs que j'avais laissés à l'intérieur ?

– Ils ont affirmé que rien de tout cela ne « portait à conséquence ».

Floyd tira sur ses manchettes effilochées, donna un coup de pied dans son bâton, par terre.

– Ils ne m'ont pas cru. Personne ne m'a cru.

– Pourquoi ils ont dit ça ? demandai-je.

Floyd ébouriffa ses cheveux, se gratta le nez.

– Pourquoi tu me le demandes ? Tu es là. Tu n'es pas mort. Frank ne t'a pas tué. Qu'est-ce que tu manigances, Cass ?

– Rien.

– Je ne comprends pas où tu veux en venir. Tout ça n'a aucun sens.

– Je suis parti deux ans. Je veux savoir ce qui s'est passé pendant que j'étais absent, c'est tout.

– Tu as menti, dit Floyd. Tu as menti, et tu es parti. C'est typiquement toi, Cass. Et moi je t'ai cru, parce que je suis idiot. C'est pas grave, de toute façon personne ne m'a jamais beaucoup aimé. Ça te suffit ?

– Qu'est-ce que la police a fait de mon sac ? Elle te l'a rendu ?

– Non. Bien sûr que non.

Si je mettais la main sur les affaires de Cassiel, je trouverais peut-être une réponse à mes questions.

– Où est-il ?

– C'est Frank qui l'a récupéré.

– Comment ça ? Pourquoi ?

– Il est allé au commissariat, répondit Floyd. Il y est resté environ deux heures. J'ai pensé qu'on devait l'interroger, mais après il en est simplement ressorti avec tes affaires. Ils m'ont interrogé bien plus longtemps. Je pense que j'étais plus suspect que Frank.

– Est-ce que tu as une idée de ce que je voulais dire ce jour-là, à Hay on Fire ?

Floyd grogna.

– Bien sûr que non. Comment aurais-je su quoi que ce soit ? Et toi ?

Je me demandais ce que Frank avait à cacher. Je me demandais si Cassiel l'avait découvert.

– Je ne sais pas, répondis-je. Je ne sais rien.

– Frank leur a raconté que j'avais tout inventé, et ils

l'ont cru. Il s'est débarrassé du sac, j'en suis sûr. C'est ce que j'aurais fait à sa place. Grâce à toi et à Frank, toute la ville pense que je suis une espèce de taré qui devrait être enfermé.

Je levai les yeux vers les arbres, noirs contre le ciel pâle, frissonnants et s'agrippant à la brise.

– Mon Dieu, Floyd, je suis désolé.

– Bon, alors, et après ? À toi de t'expliquer. Frank ne t'a pas tué, c'est évident. Tu fais comme si tu ne te rappelais même pas m'avoir dit tout ça cette nuit-là, comme si tu n'étais même pas là.

Je déglutis. Je le regardai, puis détournai les yeux.

– Dis-moi la vérité, maintenant, reprit-il. Je pense que je l'ai mérité.

Il y eut alors un bruit de chute, celui de mon vélo qui tombait ou de quelque chose qui tombait sur lui.

– Qu'est-ce qui se passe ? demandai-je, heureux de la diversion, tandis qu'Edie apparaissait au-dessus de nous.

Floyd se leva.

– Salut, Edie, lançai-je.

Elle ne répondit pas. Elle fixait Floyd comme si elle essayait de le réduire en cendres ou de le faire disparaître sous terre, comme si elle désirait de tout son cœur qu'il se ratatine et qu'il meure. Ça devait faire mal. C'est dur, quand quelqu'un comme Edie vous hait à ce point.

Floyd s'éclaircit la gorge.

– Il faut que j'y aille, dit-il.

J'acquiesçai de la tête. Je ne discutai pas.

– Très bien.

L'apparition soudaine d'Edie m'avait sauvé. Elle m'avait donné du temps, et je lui en étais reconnaissant.

– On se voit plus tard, ajoutai-je.

C'est tout ? Je n'ai droit qu'à ça ? sembla-t-il alors penser.

Je lui devais quelque chose. Cassiel lui devait quelque chose.

– Je t'appelle, lui dis-je.

– Bon sang, Cassiel ! cria Edie.

– Quoi ?

Elle regarda Floyd.

– Viens ! me dit-elle. Tout de suite.

Elle partit en avant, prit sa bicyclette et la poussa violemment entre les branches comme si c'était leur faute, comme si elle en voulait aux arbres et au vélo.

– Je t'appelle, répétai-je en me tournant vers Floyd.

– Non, tu ne le feras pas, dit-il.

– Si. Je te promets.

– Bon, d'accord.

Il était sur le point d'ajouter quelque chose. Comme s'il venait d'y penser. J'attendis.

– Comment va M. Artemis ? demanda-t-il.

– Comment ?

– Tu ne m'as pas parlé de M. Artemis. Ça ne fait rien. Demande simplement à Frank comment il va. Tu me feras savoir ce qu'il aura répondu.

– Excuse-moi, dis-je, il faut que j'y aille.

Il me salua en portant la main à son chapeau, et je le laissai là, dans son trou boueux, au milieu des bois, trahi, seul, et toujours désespérément dans le noir.

– Tu n'es qu'un menteur ! glapit Edie, tandis que nous retraversions le terrain communal.

– Je sais.

– J'ai été tellement bête de penser que tu avais changé ! Comment j'ai pu croire que tu avais mûri pendant que tu étais parti, et que tu pouvais même être devenu quelqu'un de bien ?

– Quoi ?

– Tiens ce type à distance, tu as compris ? insista-t-elle, les lèvres étirées, blanches de colère. Pense à ta famille, pour une fois ! Pense à tout ce que nous avons vécu !

Mais je ne pouvais pas penser à eux sans penser à Floyd aussi, et à ce qu'il m'avait appris.

Je le croyais, c'était le problème, même si personne d'autre ne l'écoutait. Je le croyais parce que je savais quelque chose que les autres ignoraient. Je savais que Cassiel n'était pas revenu.

– Je suis désolé, murmurai-je. Tu as raison. Je ne le reverrai plus. Je suis vraiment désolé.

Je mentais, bien sûr. Je devenais bon à ce petit jeu.

XVII

J'ai commencé à mentir à l'âge de dix ans. Avant d'avoir dix ans, je ne pense pas avoir dit un mensonge. Pas un seul. Ensuite, je n'ai plus eu le choix.

J'avais dix ans lorsque grand-père a eu son accident. Je ne savais pas alors que c'en était un. Je ne l'ai appris que plus tard. À l'époque, tout ce que je savais, c'était qu'il était sorti à onze heures du matin pour acheter du whisky. Je ne l'ai plus revu pendant quatre ans.

Il avait neigé. C'était l'hiver le plus froid depuis vingt ans ou quelque chose comme ça. Toute la semaine, nous avions regardé par la fenêtre la couverture gelée, dormante, immaculée, qui s'étendait sur le parc. Nous parlions à voix basse pour ne pas la réveiller. Grand-père disait qu'il ne se rappelait pas l'avoir jamais vue si épaisse, si brillante, si pure.

Ce fut une semaine merveilleuse. Je passais la plupart du temps sur un vieux plateau à thé en émail, à glisser à toute allure sur les pentes de Kite Hill. Mes bras et mes jambes brûlaient de froid. Mes mains et mes pieds étaient presque morts. Quand je rentrais à la maison, grand-père les plongeait dans un seau d'eau froide, d'où je les ressortais aussitôt. J'avais l'impression que ça m'ébouillantait. Il disait qu'il me regardait par la fenêtre. Il disait que j'étais le plus rapide. Il disait : « Tu les bats tous, malgré leurs belles luges, leurs anoraks et tout leur harnachement, tu les bats les mains dans les poches. »

Impossible de me réchauffer, cette semaine-là. Impossible de me réchauffer et d'arrêter de sourire.

Lorsque le dégel arriva, tout devint soudain sombre, souillé, boueux. Tout était abîmé, dégoulinant, noir. Les plantes étaient noires et se ridaient sous le froid. La glace était noire.

C'est là-dessus que grand-père est tombé. Sur de la glace noire.

Il est tombé et s'est cassé les deux hanches. Comme ça. Un, deux, trois, crac.

Il est tombé et il a tout cassé. Tout s'est cassé.

J'étais dehors, avec mon plateau à thé à la recherche de neige plus haut sur la colline. Je ne voulais pas croire qu'il n'y en avait plus. Je ne voulais pas croire que quelque chose d'aussi beau puisse être là un jour et avoir disparu le lendemain.

Mais j'ai vite compris.

J'aurais dû aller avec lui. Ce n'est pas chez son marchand de whisky habituel, ce n'est pas là qu'il est tombé. J'ai demandé au marchand, quand je suis rentré le soir vers six heures et que grand-père n'était pas là. Je suis allé m'informer un peu partout. Il n'avait plus son whisky, voilà ce qui s'était passé. Il avait tout vendu, et grand-père était allé en chercher ailleurs.

C'est drôle comme les choses importantes, celles qui changent la vie, peuvent avoir de petites racines lointaines, des débuts dérisoires. L'appel téléphonique qui provoque un accident de voiture, le retard d'un train qui donne lieu à une histoire d'amour, le manque de whisky qui m'a conduit à n'être plus personne.

– Où est-il allé ? ai-je demandé. Pourquoi est-ce qu'il n'est pas encore rentré ?

Les gens secouaient la tête, haussaient les épaules, faisaient la moue. « On ne sait pas. Va-t'en, maintenant. Ce n'est pas notre problème. »

Ce fut la première nuit que je passai seul. La première d'une longue série.

J'aurais dû aller voir dans les hôpitaux. J'aurais dû leur téléphoner. Je l'aurais peut-être retrouvé, cette nuit-là. Tout aurait pu s'arranger. Mais je ne l'ai pas fait. J'avais dix ans. J'avais peur. Je pensais qu'il m'avait abandonné. Je ne savais pas quoi faire.

Je restai seul chez grand-père pendant plus de trois semaines. Chaque jour, je me disais qu'il changerait peut-être d'avis, qu'il reviendrait à la maison. Mais il n'en fut rien.

Il était couché dans un lit d'hôpital. Je l'ai appris plus tard. Inconscient, au début. La douleur ne lui laissant pas un instant de répit. Privé d'alcool. Pas le droit de boire.

Il avait dû souffrir. Il avait dû enrager, tempêter, voir des choses ramper sur les murs, ramper partout sur lui. Il avait dû m'oublier.

Mais lorsqu'il s'était calmé, qu'il s'était réveillé, qu'il s'était rendu compte de l'endroit où il se trouvait et de ce qui s'était passé, il s'était rappelé que j'étais à la maison, à dix ans, sans un sou, que j'attendais qu'il revienne. Il était la seule personne que je connaissais.

Et il n'en avait parlé à personne. Parce que j'étais son ombre cachée. J'étais son terrible secret.

Comment aurais-je pu le lui pardonner ?

Pendant tout le temps où je l'attendais, quand des gens sonnaient à la porte, quand les voisins mettaient le nez dans mes affaires et me posaient des questions, je mentais.

Je disais : Il vient de sortir faire les courses.

Je disais : Il est en train de faire la sieste.

Je disais : Ce sont les vacances scolaires.

Mon instituteur est malade.

L'école a brûlé.

Je mentais tellement et si souvent que, même quand j'essayais de dire la vérité, on ne me croyait pas. Même lorsque la police et les services sociaux sont arrivés et que j'ai dit que c'était la maison de mon grand-père, que c'était là que je vivais et qu'il ne fallait pas m'emmener parce qu'il fallait que je sois là quand il reviendrait, on ne m'a pas cru.

On n'a pas cru un mot de ce que je racontais.

Je ne me demandai pas pourquoi Edie était tellement furieuse après moi. Je ne me le demandai pas jusqu'à ce que, tout à coup, je ne puisse plus penser à rien d'autre.

Elle me donna la bicyclette en arrivant à sa voiture. Elle me la jeta presque dans les bras.

– Tu l'as prise pour descendre jusqu'ici, dit-elle. Tu peux la remonter. Elle n'entre pas dans la voiture.

– D'accord, répondis-je. Très bien.

– Et rentre à la maison. Ne te risque pas à aller ailleurs !

– Edie, je ne suis pas un prisonnier.

– Non, dit-elle. Tu es un menteur. Voilà ce que tu es.

En remontant la colline à bicyclette, je m'efforçais de mettre mes idées en ordre et d'y voir plus clair. Je m'épuisais dans les côtes, suivant le chemin, et passant en bordure des champs. J'étais essoufflé, l'air froid entrait et sortait rapidement de ma bouche, me piquant la gorge. Je gardais les yeux fixés sur les montagnes. Elles avaient assisté à tout ce qui s'était passé. Elles avaient tout vu. Si seulement elles avaient pu me le raconter !

Je croyais Floyd. Enfin, c'est ce qu'il me semblait. Floyd disait probablement la vérité, car la vérité ne lui avait rien rapporté. Pourquoi raconter un mensonge pour en arriver là ? Floyd pensait que Cassiel avait menti. Il pensait qu'il devait y avoir une mauvaise plaisanterie quelque part, dont il était la victime. Il pensait qu'il avait été utilisé. C'était clair.

Je ne savais pas grand-chose de Cassiel Roadnight, mais

il me plaisait de moins en moins. Avait-il menti à Floyd ? Et pourquoi ? Pour brouiller les pistes. Pour simuler sa propre mort, et en rejeter la responsabilité sur son frère. Pourquoi aurait-il fait ça ? Et qu'est-ce qu'il fuyait ? Les zones d'ombre de la famille Roadnight étaient-elles si bien cachées que je n'avais absolument rien vu ? Étais-je donc si peu observateur ?

Je pensai à Frank. Si Cassiel disait la vérité, Frank était un menteur hors pair. Un menteur froid, calculateur, parfait. Mais pouvait-il être vraiment un assassin ? Aurait-il vraiment pu tuer son frère ? Je n'arrivais pas à croire que j'en étais venu à me poser ces questions.

Qui mentait ? Frank, Floyd, ou Cassiel ?

Cassiel était-il mort ou vivant ?

Et s'il était mort, est-ce que je vivais avec son assassin ?

Lorsque j'avais volé la vie de Cassiel, j'avais cru qu'elle serait meilleure que la mienne. J'avais cru qu'il était plus heureux, en meilleure santé, et plus sain que moi. J'avais cru qu'il avait une famille stable et aimante. Je voulais ce qu'il avait. Maintenant, je ne savais plus du tout ce qu'il en était. Je ne savais plus qui ils étaient, tous.

Étant donné que la seule chose dont j'étais sûr, c'était que je mentais, comment aurais-je pu faire confiance à quelqu'un d'autre ?

Edie était arrivée à la maison bien avant moi. Ils étaient assis tous les trois à la table de la cuisine. Il faisait sombre dans la pièce, et l'atmosphère était lugubre. Je pensais savoir de quoi ils étaient en train de parler, de quelque chose d'assez important pour qu'ils aient oublié d'allumer la lumière, alors que la pénombre envahissait la pièce.

J'étais mal à l'aise. J'en avais mal au cœur.

– Salut, dis-je, rompant le silence. Tout va bien ?

Frank se leva et alluma une lampe. Il ne tourna pas les yeux vers moi et j'en fus soulagé. Je n'étais pas prêt à soutenir son regard.

J'étais couvert de boue. Le retour à bicyclette n'avait pas arrangé les choses. Mes vêtements étaient affreusement sales.

Le regard vague d'Helen mit un moment avant de se focaliser sur moi.

– Dans quel état tu es ! s'exclama-t-elle.

Edie avait l'air absent. Elle n'enregistra pas vraiment ma présence. Elle ne s'y intéressa pas vraiment.

– Je ne veux rien salir, dis-je. Je vais prendre un bain.

– Oui, c'est une bonne idée, répondit Helen.

J'avais l'impression qu'ils essayaient de se débarrasser de moi avant de reprendre leur conversation. Je ne pouvais pas rester avec eux non plus. J'étais censé être à la maison, et je n'avais nulle part où aller.

– Qu'est-ce que tu vas mettre ? me demanda Helen.

– Je n'ai pas d'autres vêtements, dis-je. Ceux-là sont à Frank.

Je les lui avais volés et je n'avais toujours pas d'habits à moi. Je devais toujours porter ceux de quelqu'un d'autre.

Frank sourit.

– Il me semblait bien les reconnaître, dit-il. J'en ai plein d'autres que tu peux emprunter, si tu veux.

Edie grogna. Elle eut un petit sourire absent, qu'elle m'adressa ensuite rapidement – une façon de vouloir faire la paix, peut-être – mais je n'y répondis pas.

– Allons te chercher quelque chose, proposa Frank. Monte avec moi !

Je le suivis dans l'escalier. Je m'aperçus que, jusqu'à présent, je n'avais jamais été seul avec Frank. Je me demandai si c'était le hasard, ou si nous l'avions évité, tous les deux. Il passa un bras autour de mes épaules, en me poussant en avant. Je ne ressentis plus le réconfort que son geste me procurait auparavant. Il ne me donnait plus l'impression d'être le bienvenu. Je me dis qu'il aurait mieux valu que Floyd ne me raconte rien si, chaque fois que Frank était gentil, je le prenais pour une menace.

– Après toi, dit-il en arrivant en haut des marches.

Il me suivit jusqu'à sa chambre. Je sentais qu'il m'observait. Je me sentais observé.

– Quand est-ce que tu as fait ça à tes oreilles ? me demanda-t-il.

– Quand je les ai percées ? Oh, il y a un bout de temps.

– Elles ressemblent à…

– À des pelotes à épingles. Je sais.

Frank se dirigea droit vers sa commode. Je regardai sa nuque soignée, aux cheveux bien coupés, le col de sa chemise, son coûteux pull en cashmere. Je voyais son visage reflété dans le miroir devant lui, lisse, net et beau.

Je repensai à Floyd, lui qui était bizarre, débraillé, et chassé de partout. Je repensai à ce qu'il avait dit.

– Comment va M. Artemis ? demandai-je.

Frank resta figé sur place. Ses mains s'immobilisèrent, il retint son souffle. Cela dura moins d'une seconde, mais comme je l'observais, je remarquai tout. Dans le miroir, il sembla soudain mort, pétrifié, tandis que ses yeux hurlaient, brûlaient dans son visage mort, que ses yeux brillaient d'horreur, de cruauté, de peur.

Il ne répondit pas à ma question. Je vis ses yeux cligner comme un déclencheur d'appareil photo, et le supplice disparaître de son regard. Il était devenu simplement vide. Frank se tourna lentement vers moi, l'air de nouveau impassible. Le tiroir était resté ouvert.

Il me regarda, tandis que le temps s'étirait entre nous. Il me regarda quelques secondes, mais il me sembla que cela durait des heures. Je sentais une vibration dans l'air, une crispation, une tension fébrile, et il eut beau faire comme si de rien n'était, je savais qu'il en était conscient, lui aussi.

– Sers-toi, prends ce que tu veux, dit-il. Je te laisse choisir.

Je me demandai s'il voyait la sueur d'effroi qui couvrait tout mon corps. Je me demandai si j'avais l'air aussi choqué, aussi moite de peur que je le sentais.

Frank quitta la pièce à pas mesurés. J'avais tellement hâte qu'il s'en aille que cela me sembla interminable. Je le regardai sortir, et je dus attendre qu'il soit hors de sa chambre pour retrouver mes esprits et bouger. J'allai jusqu'au tiroir, et pris quelques vêtements sans même les regarder.

Qu'est-ce qui s'était passé, exactement ?

Je voulais aller voir Floyd. Je voulais lui raconter comment Frank avait réagi à ce que je lui avais dit. Je voulais lui demander ce que ça signifiait.

Mais je ne pouvais pas le rejoindre maintenant, car les Roadnight voudraient savoir où j'irais. Et je ne savais pas où Floyd habitait. Je ne pouvais même pas l'appeler, je n'avais pas de téléphone. Je me sentais en danger. Menacé. La réaction de Frank m'avait complètement démoli.

J'étais seul, et pris au piège.

J'entrai dans la salle de bains, m'enfermai à l'intérieur, et me fis couler un bain. La vapeur envahit la pièce, puis se transforma rapidement en eau sur les murs froids.

Que se passait-il ?

Qui était M. Artemis, et pourquoi le fait de mentionner son nom avait-il changé Frank pendant un instant en quelqu'un de méconnaissable, pétrifié, féroce, et qui souffrait ?

C'était comme si le grand frère aimable, sûr de lui, généreux que je croyais connaître, n'était qu'un masque, une simple coquille, et qu'en dessous il y avait un être tortueux, sombre, dangereux, effrayé. Maintenant que je l'avais vu, je ne pouvais plus l'oublier.

M. Artemis était-il une personne réelle, un message caché, un code ?

Pourquoi Floyd m'avait-il dit de mentionner ce nom devant Frank ? J'aurais voulu savoir ce qu'il essayait de faire, ce qu'il voulait que je provoque. Moi qui avais fait tellement attention à ne rien provoquer. Moi qui avais marché sur des œufs et sur la corde raide pour qu'on ne me découvre pas.

Je m'assis sur le bord de la baignoire, observant les robinets qui crachaient de l'eau et la remplissaient peu à peu.

Que s'était-il passé aujourd'hui avec Floyd ? Peut-être que je me trompais à son sujet, et qu'Edie avait raison. Avait-il menti à propos de Cassiel et Frank ? Et dans quel but ? Pour attirer l'attention ? Comme ces gens qui avouent des crimes qu'ils n'ont pas commis, juste pour voir l'agitation, le remous que ça entraîne, juste pour être au centre de tout. Personne d'autre ne lui faisait confiance. Pourquoi est-ce que je lui accorderais la mienne ?

J'en avais des sueurs froides. Peut-être que j'étais au centre de ce qui s'était passé. Que c'était un piège. Et que j'étais tombé en plein dedans. Floyd avait envoyé un message à Frank par mon intermédiaire. M. Artemis était un nom de code qui signifiait que je n'étais pas lui, que je n'étais pas Cassiel. Floyd avait probablement vu clair en moi, aujourd'hui dans les bois. Je n'avais vraiment pas été assez prudent avec lui. Moi et mes questions idiotes !

Mon cœur battait à tout rompre dans ma poitrine. Ils étaient peut-être tous de mèche dans cette histoire. Frank, Floyd, et même Helen et Edie. Peut-être qu'Edie était venue au secours de Floyd, tout à l'heure, et non au mien.

Peut-être qu'aucun d'eux n'était ce qu'il semblait. Je n'étais sans doute pas le seul dans ce cas.

Frank était descendu directement au rez-de-chaussée. Qui allait-il appeler ? Qu'est-ce qu'il allait dire ? Je m'imaginais la voiture de police s'ouvrant un passage dans la grisaille de cette fin d'après-midi. Je voyais ses lumières bleues clignoter sur la route, contre le flanc abrupt de la colline. J'attendais qu'elle s'arrête devant la maison, j'attendais le bruit des pas des policiers dans l'escalier, précipités, impérieux, puis les coups sourds contre la porte. Je blindais mes poignets contre la morsure glaciale des menottes. Je me blindais moi-même pour supporter l'expression de leur visage.

Rien ne vint.

Je fermai les robinets. Je n'entrai pas dans le bain, je ne changeai pas de vêtements, je n'allumai même pas la lumière. Je restai simplement assis là, dans le noir, tandis que l'eau était tapie dans la baignoire, et que le ciel perdait toute sa lumière.

Et s'ils savaient tous que je n'étais pas Cassiel ? S'ils savaient tous qu'il était mort ? Serais-je alors leur alibi ?

Quelqu'un monta l'escalier, lentement, avec précaution, en essayant de ne pas faire de bruit. La lumière s'alluma brusquement sur le palier et filtra sous la porte. J'entendis un moteur démarrer, une voiture reculer, puis s'éloigner.

Les pas s'arrêtèrent devant la salle de bains, leur ombre brisant les lignes claires de la lumière. La personne qui se tenait là ne frappa pas. Elle se contenta d'attendre.

J'étais assis par terre, le dos appuyé à la baignoire. Je ramenai mes pieds vers moi, et posai le menton sur mes genoux.

– Cassiel ?

C'était la voix d'Edie, presque perçante dans le froid, l'obscurité, le silence.

– Tout va bien, là-dedans ?

– Oui.

– Qu'est-ce que tu fais ?

– Rien. Je suis assis. Je réfléchis.

– Frank vient de partir, dit-elle. Il a reçu un coup de téléphone du bureau ou quelque chose comme ça.

– Bien.

– Quelque chose d'urgent dans le monde de la finance, ajouta-t-elle, et j'imaginai son sourire ironique. Il a dit qu'il rentrerait tard.

Je ne répondis pas. Je restai assis là, dans mes vêtements crasseux, sur le sol dur, fixant l'ombre de ses pieds, souhaitant qu'elle s'en aille, elle aussi.

Frank était-il vraiment parti ? Il m'attendait peut-être de l'autre côté de la porte, caché derrière elle. Ils étaient peut-être en train de se regarder dans les yeux en ce moment même, il était peut-être en train de l'écouter mentir.

Je n'avais pas confiance en elle. Ni en personne. J'étais seul, pris au piège, et aussi parano qu'on pouvait l'être.

– Tu vas rester là longtemps ? demanda-t-elle.

– Je ne sais pas.

– Tu veux manger quelque chose ?

Je ne voulais rien qui vienne d'elle, ni d'aucun d'entre eux.

– Non.

– Cass, reprit-elle, en appuyant la tête contre la porte.

J'entendais le bruit doux de ses cheveux et de sa voix.

– Cass, je suis désolée. J'ai été désagréable. Tu m'avais mise en colère. Je suis vraiment désolée.

Je ne répondis pas.

Edie s'écarta légèrement de la porte.

– Je vais te laisser tranquille, dit-elle. Descends, s'il te plaît.

Je n'en fis rien. Je restai assis par terre, dans cette pièce froide et sombre, parce que je n'avais aucun autre endroit où aller, parce que je ne savais pas quoi faire. Je restai là, à penser à toutes les fois où j'avais éprouvé la même chose. Je pensais à chaque matin, quand je me réveillais la tête pleine d'images d'endroits où je m'étais trouvé, de gens que j'avais connus, et de choses qu'on n'oublie pas, même quand on le voudrait.

Je restai assis dans la maison de Cassiel Roadnight, à penser à tous les autres jours, à toutes les autres nuits, qui luttaient, se disputaient et rivalisaient pour savoir lequel était le pire de ma pauvre et triste vie.

XVIII

Lorsqu'ils m'avaient emmené et que je pleurais en l'appelant, ils avaient fait comme si grand-père n'avait pas existé. Ils ne répondaient pas aux questions que je posais à son sujet. Ils ne me disaient pas où il était. Ils se conduisaient comme s'ils ne comprenaient absolument pas de quoi je leur parlais.

Je ne pouvais plus dormir au bout de son lit, blotti comme un chat près du feu, sur ses doux coussins de velours, bercé par la voix du vieil homme, m'endormant doucement au son de ses mots. J'avais dû dormir dans une maison inconnue, dans une série de maisons inconnues. Dans la première, j'avais refusé de déballer mes affaires. Si je l'avais fait, cela aurait signifié que je voulais bien y rester, que j'étais d'accord. Une dame m'avait apporté du lait et des biscuits sur un plateau. Je n'y avais pas touché. Cette nuit-là, je m'étais enfui, j'étais revenu à la maison de grand-père, pour voir s'il était rentré. On m'avait retrouvé, et ramené. La deuxième fois, je n'avais plus eu droit au lait ni aux biscuits. Je me suis enfui treize fois de cinq endroits différents. À la fin, j'ai dû coucher dans un dortoir vide et froid, avec des draps rêches et froids, et des visages durs et froids, des mots aussi tranchants que des rasoirs, dans des lits faits de barres de métal comme des barreaux de cage. C'est là que je devais dormir, nuit après nuit, semaine après semaine. Les mois s'éternisaient, et je ne pouvais toujours pas accepter ma situation. Quatre ans, sans un seul moment de détente.

Je n'arrivais pas à dormir. Au début, harcelé par les autres garçons parce que je pleurais, terrifié par tout ce qui se passait. Je restais allongé chaque nuit sur ma couchette, épuisé, sur mes gardes. Je restais couché, tous les sens en éveil, attendant la prochaine attaque, préparant – c'était un moyen de ne pas devenir fou – ce que je ferais quand je sortirais, où je courrais, dès qu'on se rendrait compte de l'erreur commise et qu'on me relâcherait.

Je rentrerais à la maison, chez grand-père, et il m'attendrait, pâle, avec son visage familier, son odeur de whisky, un livre à la main, et le vent d'hier dans les cheveux. Il aurait un doux sourire, un carré de chocolat, et il me dirait : « Allons ! Va jouer dehors ! »

Je gardais grand-père pour moi, comme un secret. Je restais à l'écart des autres. Je me cachais et j'espérais, quand ils se lassaient de me chercher, qu'ils ne me retrouveraient pas. Parfois, ils me trouvaient, mais pas toujours. Rigg, Fitch, Joseph, Connor, Bates et les autres, avec leurs mains graisseuses, toujours prêts à cracher, couverts de furoncles, étouffant de haine. Ils allaient et venaient, ils changeaient de visage, mais c'étaient toujours les mêmes. Ils me traitaient de tous les noms, s'amusaient à essayer de me faire du mal. Je me disais qu'ils pouvaient toujours jouer à ce jeu-là, ça ne marcherait pas. Ils ne pouvaient pas m'atteindre, car je n'étais pas vraiment là.

Au bout d'un moment, les adultes voulurent me faire parler de grand-père. Ils m'emmenèrent dans une pièce spéciale, comme si c'était un traitement de faveur, me donnèrent des stylos, du papier, et affichèrent des expressions de sympathie et de compréhension soigneusement préparées. Je me sentis encore plus mal à l'aise que lorsque je devais affronter la brutalité quotidienne. On me demanda gentiment, et avec insistance, si grand-père m'avait fait du mal, s'il m'avait touché, et où.

Grand-père ne m'avait jamais fait de mal. Il n'aurait jamais fait ça.

Je le leur dis à tous, mais personne ne voulut me croire. Ils tordaient la réalité dans tous les sens pour qu'elle corresponde à ce qu'ils croyaient être vrai. Ils la faussaient, la déformaient. Une fois par semaine, et parfois plus, dans cette pièce aux couleurs vives et au confort artificiel, ils me posaient des questions et essayaient de me faire parler. Je redoutais ces séances. Elles me rendaient malade.

Parfois, je croyais que j'allais me réveiller. Quand ça allait très mal, je me persuadais que ce n'était pas la réalité, que ma vie était probablement un cauchemar plus convaincant que les autres, qui durait plus longtemps. Que je rentrerais bientôt à la maison.

Je me dis que tout cela allait bientôt finir pendant presque deux ans. Je me dis d'attendre, d'être calme, invisible et patient. J'arrivai à me tromper moi-même pendant tout ce temps.

Et lorsque je vis que ça ne finissait pas, lorsque j'affrontai la réalité en face et que je compris que ça ne finirait pas, qu'on me répétait sans cesse que je ne pourrais jamais rentrer chez moi, je me révoltai. J'avais douze ans, j'avais grandi, et j'avais subi assez de saloperies de leur part, reçu assez de coups de la part de garçons comme Rigg, qui croyaient devenir quelqu'un parce qu'ils frappaient fort, qui croyaient que ça leur donnait de l'importance.

Ils mirent ça sur le compte de grand-père aussi. Ils pensèrent que je me déchaînais, que je criais, me jetais contre eux, griffais, donnais des coups de pied et de poing, à cause de lui. Mes violentes crises de colère étaient les cicatrices des épreuves que j'avais subies, de mon traumatisme. C'était la faute de grand-père, et pas la leur. Ils me maîtrisaient et attendaient que ça passe. Il ne leur venait pas à l'esprit que, si j'étais tellement en colère, c'était à cause d'eux. Ils ne comprenaient pas que, si je me déchaînais ainsi, c'était parce que je pensais qu'ils étaient fous et qu'ils contrôlaient tout.

Et puis, quatre ans après avoir été emmené et enfermé, après avoir passé au moins mille cinq cents jours et nuits sans sommeil, remplis de haine, je me suis enfui.

Ce ne fut pas comme ce que j'avais imaginé. Je n'avais rien préparé. Une ouverture est apparue, un trou dans ma réalité, une porte non verrouillée, c'est tout, et j'ai saisi l'occasion. Je suis passé rapidement par cette porte, et je suis parti.

Ils ne m'ont pas retrouvé. Pas encore.

Je savais que je ne devais pas aller chez grand-père. C'est là qu'ils iraient me chercher – c'était évident. Mais je n'avais pas d'autre endroit où aller. Je voulais le voir par-dessus tout.

Grand-père n'était pas là.

La maison ne lui appartenait plus. Les rideaux chocolat n'étaient pas simplement ouverts, ils avaient disparu. S'il avait vu la lumière qui se répandait par le bow-window fraîchement repeint, ridiculement propre, grand-père se serait recroquevillé, se serait mis à gémir, se serait dissous dans son manteau comme un vampire, il se serait retourné dans sa tombe.

Je me demandai pour la première fois si ce n'était pas là qu'il se trouvait.

Ce fut d'abord dans mon estomac, comme si j'avais avalé des pierres, que j'eus la sensation qu'il pourrait être mort.

Je me dis qu'il devait l'être. Sinon, il m'aurait attendu. Où aurait-il pu aller sans moi ?

Je suis habitué à cette sensation, maintenant. Elle ne me quitte pas. Grand-père est mort, et je le sais. Il était impossible qu'il ait continué à vivre comme ça.

Mais à l'époque, tandis que je me tenais devant sa maison, elle venait de naître en moi. Ce n'était qu'un trou minuscule, une piqûre d'aiguille.

Je jetai un coup d'œil à l'intérieur de la maison, sur le plancher blanc, les lampes d'architecte, et les fleurs bien en vue. Je regardai les tableaux ternes dans des cadres dorés, et je me demandai ce que les gens qui étaient là avaient fait de tous ses livres. Qu'arrive-t-il à la bibliothèque d'un vieil homme ? Est-elle revendue dans des ventes de charité, comme celles organisées par l'Oxfam ? Va-t-elle dans une bonne maison ? Est-ce qu'elle finit dans une benne à ordures ?

Je me posais ces questions stupides pour ne pas gémir, m'arracher mes vêtements et me jeter sur le bitume. Je restai calme et silencieux, pour ne pas être remarqué, ne pas me faire prendre, ni me faire enfermer de nouveau, même si, au fond de moi, je criais et me lamentais comme une pleureuse en pensant à la perte de l'être que j'aimais.

Grand-père m'avait emmené un jour dans une arrière-salle d'une boutique de l'Oxfam, dans Holloway Road, qui revendait des livres et autres objets d'occasion afin de financer des œuvres de bienfaisance. J'avais cru qu'on cherchait des vêtements ou quelque chose comme ça. Je m'étais dit qu'il allait peut-être m'acheter un costume comme le sien, mais tout ce qu'il m'avait montré, c'était une boîte en carton pleine de lunettes. Des lunettes de lecture, à double foyer, des verres aussi épais que des fonds de bouteilles, ou aussi fins que de la glace, avec de grosses montures bleues, ou de fines montures d'argent.

– Pense à tout ce qu'elles ont lu, m'avait-il dit. Pense à tout ce que ces lunettes ont vu !

C'était comme une boîte remplie de vieilles personnes mortes. Nous nous tenions dans une pièce pleine de leurs vêtements.

– Qu'est-ce qu'on fait là, grand-père ?

C'était une leçon d'histoire.

– C'est ce qu'on fait qui compte, avait-il répondu. C'est ce qu'on pense, ce qu'on voit, et non pas ce qu'on a.

– C'est pour ça que tu m'as amené ici ? C'est tout ?

J'avais huit ans, bon sang. J'avais envie de m'en aller et d'aller jouer au ballon.

Il avait acquiescé de la tête.

– Maintenant, tu sauras que ce n'est pas la peine de garder quoi que ce soit. Tu te rappelleras que tout finit là.

– Dans une vente de charité ?

– Exactement, avait répondu grand-père, la main dans sa poche, refermée sur sa flasque, et les yeux toujours fixés sur la boîte contenant les vues déficientes des morts. « La grande Vente de Charité au Ciel », avait-il chantonné sur l'air de Pink Floyd *The Great Gig in the Sky*.

Je restai sur le trottoir, en face de chez grand-père, cherchant des traces de lui dans le ciel. Quatre ans plus tôt, cet endroit était à lui, cette maison était à nous, et je me dis que cette époque devait toujours exister quelque part, dans les pièces inutilisées, derrière des briques et derrière des planches, dans les étroits espaces du grenier, sous des couches et des couches de peinture.

Je restai là moins d'une minute, puis je m'éloignai,

parce qu'il le fallait, parce que quelqu'un pouvait me voir, parce que je ne reviendrais jamais.

Grand-père aurait été content de voir que j'avais suivi son conseil à la lettre : je ne possédais rien, je n'étais alourdi par aucun bien en dehors des vêtements que j'avais sur le dos.

Je dormis dans le parc quelques nuits. Je me lavais dans les toilettes du terrain de jeux, celui-là même que j'avais souvent observé par la fenêtre de la maison de grand-père. Je buvais à une fontaine qui ne m'arrivait pas aux genoux. Pour me nourrir, je faisais les poubelles du café. Je m'allongeais au soleil pendant la journée, profitant de sa chaleur, et la nuit je me recroquevillais misérablement, assailli par le froid.

J'observais la maison quelquefois, à bonne distance, quand j'étais sûr que personne ne pouvait me voir. J'observais la femme qui vivait là. Je l'observais quand elle était avec ses enfants, à l'intérieur et à l'extérieur, en haut et en bas, remplissant tout l'espace, forçant la lumière et la vie à occuper les coins les plus morts. Je l'aimais bien.

Et puis un jour, je la vis dans le parc. Assis sur un banc, je regardais trois corneilles s'attaquer à une pomme. Je la vis venir. Elle s'arrêta juste devant moi. Je la regardai, puis m'intéressai de nouveau aux corneilles. Elles dépeçaient la pomme, la prenaient dans leur bec et la jetaient violemment sur le sol, comme si elles avaient eu besoin de la tuer.

Elle s'assit à côté de moi. Je m'écartai un peu pour lui laisser de la place sur le banc.

– Bonjour, dit-elle en me souriant.

– Bonjour, répondis-je. J'habite en face de chez vous.

Elle fronça les sourcils et sourit. Elle tourna son regard vers moi, et le détourna presque aussitôt.

– Oh, dit-elle. Très bien.

Je continuais d'entendre les bruits du parc autour de nous comme si de rien n'était. Un homme passa en courant, des écouteurs rutilants sur les oreilles, et des baskets toutes neuves. Un pigeon donnait des petits coups de tête et de bec juste à mes pieds. Je le repoussai brusquement, et il s'éloigna dans un battement d'ailes, moitié courant, moitié volant.

– J'aime bien votre maison, dis-je.

– Oh, merci, sourit-elle. Moi aussi.

– Qu'est-il arrivé au vieil homme qui habitait là ? demandai-je, comme si cela n'avait aucune importance, comme si je faisais simplement la conversation pour passer le temps.

– M. Hathaway ?

Je réalisai alors que je n'avais jamais entendu le nom de grand-père auparavant, que je ne le connaissais pas. Elle hocha la tête d'un air désapprobateur. Elle pressa ses lèvres l'une contre l'autre jusqu'à ce qu'elles disparaissent presque complètement. Puis elle répondit au bout d'un moment :

– Il est dans une maison de santé quelque part, sur

Finchley Road. À Redlands, quelque chose comme ça. Non, Redfields. Je ne sais plus très bien.

– Où ? demandai-je.

Ma voix résonna dans la caverne vide de ma poitrine.

– Finchley Road, répondit-elle. Oui, quelque part par là. Pourquoi ?

Elle me fixa droit dans les yeux en me le demandant. Un gamin trébucha sur le chemin devant nous et tomba par terre avec sa glace. Il se mit à crier comme si c'était la fin du monde. Elle regarda alors l'enfant, puis sa mère, qui se précipitait pour le remettre debout et le calmer.

Je me levai et m'éloignai, la laissant assise là, à observer l'enfant, à observer sa glace couverte de boue, en train de fondre sur le sol.

J'allai chercher grand-père.

Greenfields. C'est ainsi que ça s'appelait.

C'était la nuit des feux d'artifice, le 5 novembre. Je me revois assis à côté de grand-père dans sa petite chambre sordide. Je regardais au-dehors le ciel s'illuminer, se déchirer, s'ouvrir, j'entendais les chuintements, les sifflements, les détonations derrière les vitres noires et sans rideaux, j'écoutais, et je sentais ma vie entière s'effondrer.

Je m'étais faufilé à l'intérieur. Personne ne m'avait repéré. Je n'avais pas demandé la permission. J'avais vu son nom inscrit sur un tableau. Chambre 103.

Grand-père paraissait avoir pris quatorze ans, et non quatre. Je n'en revenais pas de voir à quel point il avait vieilli. Il était frêle, transparent, sans dents. Il vivait dans une pièce qui contenait un lit, un lavabo, et pas de livres. Ils l'avaient brisé. Ils l'avaient envoyé dans sa version personnelle de l'enfer.

Je ne comprenais pas ce que nous avions fait l'un et l'autre pour mériter ça.

Je restai à la porte, attendant que son cerveau embrouillé me reconnaisse. Il puait la pisse. Il s'était coupé en se rasant. La moitié inférieure de son visage s'était affaissée. Il y avait des restes de nourriture séchée sur sa bouche, son menton, sa cravate.

– Chap ? dit-il. C'est toi ?

Je dus l'aider à aller jusqu'à son fauteuil. Il avait reçu un choc en me voyant, il s'était liquéfié.

– Tout va bien, grand-père, dis-je, en le guidant aussi doucement que je le pouvais, en murmurant dans les mèches blanches de ses cheveux, pendant qu'il pleurait. Je suis là, maintenant. Tout va bien, je suis revenu.

– Où étais-tu ? demanda-t-il. Pourquoi est-ce que tu m'as abandonné ?

– Je ne t'ai pas abandonné, répondis-je, on m'a emmené.

– Qui ?

– Tu n'es pas rentré, et on m'a emmené.

Je demandai à grand-père ce qui s'était passé. Il paraissait avoir les idées confuses.

– Ça fait longtemps, dit-il.

– Quatre ans. Ça fait quatre ans. J'ai quatorze ans, maintenant.

– Quatorze ?

– Tu es sorti acheter du whisky. Qu'est-ce qui t'est arrivé ?

Il réfléchit un moment, puis il me parla de la glace noire.

– Les vieux os ne se réparent pas bien, dit-il.

Il ne pouvait plus marcher correctement, je le voyais. Il souffrait terriblement. Je pense que pour lui, la morphine avait désormais remplacé le whisky. Il n'était pas entièrement présent.

Il n'aurait jamais pu se prendre en charge dans cette vieille maison. Je me dis que c'était peut-être la raison pour laquelle il avait dû déménager.

– Pourquoi n'es-tu pas revenu me chercher ? lui demandai-je. Tu aurais pu me faire appeler. J'aurais pu m'occuper de toi.

Il fit non de la tête.

– Je n'en ai pas eu le droit, répondit-il.

– Pourquoi ?

Pendant tout le temps où j'étais resté loin de lui, tout le temps où j'avais été enfermé, il ne m'était jamais passé par la tête qu'il avait pu être soumis aux mêmes règles que moi, qu'il avait pu être puni comme je l'avais été, moi. Je suppose que j'avais toujours pensé, jusqu'alors, que grand-père était intouchable, qu'il était au-dessus de ça. C'était mon grand-père. Qui aurait pu lui faire du mal ?

– Où sont tes affaires ? lui demandai-je. Où sont tes livres, tes objets ?

Il regarda autour de lui comme s'il ne s'était aperçu de rien, comme s'il essayait de se rappeler ce qui lui manquait.

– Ils sont venus te chercher, dit-il. Ils sont venus hier, ou avant-hier.

– Qui ?

– Ils sont venus. Ceux des services sociaux.

– Qu'est-ce qu'ils t'ont dit ?

– Tu as parlé à quelqu'un, en bas ? me demanda-t-il. Est-ce que tu as vu quelqu'un ? Ils te cherchent.

Je fis un signe négatif de la tête. Je lui dis que non.

– Sois prudent, reprit-il. Il ne faut pas qu'ils te prennent ici.

– Ne t'inquiète pas.

– Tu ne peux pas venir ici, insista-t-il. Je n'ai pas le droit de te voir.

Je m'aperçus alors que quelque chose était mort en lui. Une part vitale de lui-même était morte depuis longtemps.

– Tu n'as pas le droit de me voir ? Mais tu n'as rien fait ! m'écriai-je. Qu'est-ce que tu as fait ?

Les larmes coulaient sur le visage de grand-père. J'aurais voulu les tuer, ceux qui l'avaient réduit dans cet état.

– Pourquoi tu ne leur as pas dit, tout simplement ? demandai-je.

Il ne me répondit pas.

– Pourquoi tu ne leur as pas dit que tu étais mon grand-père, pourquoi est-ce que tu n'es pas venu me chercher ?

Grand-père me regarda, et quelque chose de l'homme que j'avais connu transparut dans ses yeux effrayés, noyés de larmes.

– Pourquoi tu m'as laissé là ? demandai-je. Qu'est-ce que j'ai fait ?

– Chap, dit-il. Je ne peux plus te mentir.

– Mentir sur quoi ?

– Je ne suis pas ton grand-père.

Je crus que j'allais m'étrangler. Il aurait aussi bien pu mettre ses mains froides et noueuses autour de mon cou et appuyer.

S'il n'était pas mon grand-père, qui était-il, alors ? Et qui étais-je ?

– Ne dis pas ça. Ne me dis pas ça à moi, protestai-je. C'est ce qu'ils m'ont raconté, et je ne les ai pas crus. Je ne les ai pas écoutés, grand-père.

Il me regarda en hochant la tête.

– Il faut que tu écoutes. Et il faut que je t'explique. Je te dois bien ça. C'est la vérité.

XIX

– J'ai toujours été seul, commença grand-père. J'ai vécu toute ma vie chez mes parents, dans cette maison, et quand ils sont morts, j'ai continué à vivre là, sans personne.

Je l'écoutais parler, tandis que les feux d'artifice sifflaient, puis éclataient au-dehors, et je l'observais, ce vieil homme qui était tout pour moi, tout ce que j'avais au monde, et qui essayait de me dire quelque chose de différent de ce que je croyais savoir.

– Je n'ai jamais eu de femme, ni d'enfant, poursuivit-il. Je n'ai jamais eu de véritable ami. J'avais des collègues au travail, des conversations. Une ou deux personnes me disaient bonjour à la bibliothèque. J'attendais ça avec impatience, dit-il en souriant. C'était le temps fort de ma journée.

Il était timide, voilà ce qu'il essayait d'expliquer. C'était un solitaire affirmé, confirmé, et cela absolument malgré lui. Pas seulement un peu mal à l'aise à une soirée. Il était malade de timidité. Grand-père ne sortait pas après le travail, jamais. Il quittait l'école et rentrait précipitamment chez lui pour retrouver sa mère, comme s'il était toujours un enfant, et non pas un professeur. Elle était sa meilleure amie, la seule personne à laquelle il pouvait parler. Leurs conversations étaient fluides et agréables. Elle voulait peut-être le garder pour elle seule et ne lui avait jamais appris à avoir des relations avec les autres, elle lui avait uniquement appris à avoir des relations avec elle. C'est ce que grand-père avait pensé, après sa disparition. Il avait quarante-six ans lorsqu'elle était morte, quarante-six ans, et il était sans ami, vierge, victime de la plaisanterie cruelle et solitaire d'autrui.

L'école était dure, maintenant que sa mère ne l'attendait plus quand il rentrait à la maison. Enseigner était dur. Sa santé se détériorait. Les élèves, de plus en plus indisciplinés, semblaient s'ennuyer à ses cours, quant aux autres professeurs, ils se moquaient en douce de ses cheveux, de ses gilets, de ses manières maladroites, guindées. Il quitta l'enseignement avant qu'on lui demande de le faire.

Son père, qui ne parlait pas beaucoup, et qui n'avait jamais caché qu'il ne l'aimait pas, s'était retiré dans une chambre au dernier étage de la maison, et il en descendait rarement. Un jour, il s'était éteint.

– Pourquoi tu me racontes ça ? demandai-je.

Je me souviens de mon ton irrité, étonnamment méchant dans cette petite pièce.

Il ne répondit pas. Je pense que, maintenant qu'il avait commencé, il ne pouvait plus s'arrêter. Il poursuivit son récit sans faire attention à mon interruption.

Après la mort de son père, il avait essayé pendant une courte période de sortir dans le monde, mais personne ne s'en était aperçu. Comment se faire un premier ami à cinquante-trois ans, que l'on est nerveux au son de sa propre voix, que l'on perd ses cheveux, que tout ce que l'on pense, tout ce que l'on dit appartient à un autre siècle, appartient à un tout autre temps ? Comment s'arrêter pour parler à quelqu'un quand personne d'autre ne s'arrête, quand tout le monde a quelque chose à faire et un endroit où aller ? Personne n'a le temps d'être aimable avec un vieil homme qui s'habille comme un croque-mort et parle comme Charles Dickens. Les gens sont bien trop occupés pour ça.

Il avait de l'argent pour vivre, et des livres à lire. Il découvrit le bon whisky. Il s'enferma en lui-même, trop effrayé pour faire quoi que ce soit d'autre, trop vieux pour commencer à apprendre. Il avait dû être l'homme le plus seul de Londres. Je me l'imagine, maintenant, sur son île déserte à lui, en plein milieu d'un océan de passants. Il ne pouvait plus s'en sortir, car il ne savait pas comment.

– Puis, une nuit, dit-il en me jetant un coup d'œil, après tout ce temps passé seul chez moi, quelqu'un a frappé à ma porte.

Il s'assurait que j'étais toujours avec lui, que je l'écoutais toujours. Où aurais-je pu être, sinon là ? Qu'aurais-je pu faire d'autre ? Je ne pouvais pas bouger, de toute façon. Je n'avais aucun endroit où aller.

– Une jeune femme et un petit gamin, dit-il, en redoublant mes craintes. Une fille et un garçon.

Leurs voix résonnèrent fort dans le silence vide de sa maison. Aucune voix ne s'y était fait entendre depuis des années. Grand-père ne put supporter celle de la fille, ni les cris perçants du petit garçon qui pleurait. Il mit les mains sur ses oreilles.

– J'ai des ennuis, dit-elle, encore plus fort. Je suis dans la merde. Laissez-moi entrer. Laissez-moi entrer, s'il vous plaît !

Le garçon était couvert de suie, crasseux. La fille avait les cheveux brûlés. Il en sentait l'odeur. Il se tenait à la porte, paralysé de timidité, paralysé par son indécision.

Elle décida pour lui. Elle l'écarta et entra, entraînant derrière elle le petit garçon qu'elle tenait par le poignet. Ils s'abritèrent frileusement dans l'entrée, ils s'abritèrent de l'extérieur, de la pluie, des sirènes, de l'odeur âcre de l'incendie que grand-père commençait juste à percevoir.

– Je crois que je viens de mettre le feu à une maison, dit-elle, sans s'adresser à lui en particulier, ni à personne, laissant simplement ses paroles flotter dans l'air.

Il referma la porte derrière eux.

– Ne le dites pas, lança la fille en se mettant à frissonner. Ne le dites à personne ou je reviendrai et je vous trancherai la gorge pendant que vous dormez.

Pour toute réponse, grand-père murmura la seule chose qui lui passait par la tête, ce qu'on est censé dire à un invité, ce qu'il s'était entraîné à répéter devant sa porte fermée et sans personne à accueillir pendant vingt ans.

– Bonjour. Entrez, je vous en prie. Faites comme chez vous.

Et c'est ce qu'ils firent.

Il n'avait pas la télévision. Il n'écoutait pas la radio, n'achetait pas le journal, et n'avait aucun moyen de savoir ce qui se passait en dehors de chez lui. La fille s'en plaignit. Elle dit que c'était le trou perdu le plus ennuyeux, le plus mortel qu'elle ait jamais connu.

Et pourtant, elle avait de la chance. Elle aurait giflé quiconque le lui aurait dit, et elle en aurait eu tous les droits, mais c'était la vérité. Car si grand-père avait su ce qui se passait, s'il avait su qu'une jeune fille et un enfant de deux ans avaient disparu, morts de peur, dans l'incendie d'un foyer des services sociaux, trois rues plus loin, les choses auraient peut-être tourné autrement.

La fille n'était pas très sociable. Elle s'installa dans une chambre du dernier étage, tout comme l'avait fait le père de grand-père, et elle refusa de lui donner son nom.

– Pas question, dit-elle, ou je m'en vais.

Comme il ne voulait pas qu'elle s'en aille, il ne lui demanda plus rien.

Elle mangea la nourriture de grand-père, but son thé et fuma les cigarettes qu'il alla lui acheter. Il supposa qu'elle était la mère du petit garçon, parce qu'ils étaient arrivés ensemble, et que l'enfant pleurait dès qu'il n'était plus à côté d'elle. Elle était jeune, mais elle avait beaucoup vécu, avait vu beaucoup de choses, et ne manquait pas d'expérience. Même grand-père s'en aperçut, il remarqua son regard dur, qui étincelait quand elle disait au petit garçon de la laisser tranquille, d'aller jouer dehors au milieu de la circulation, quand elle fermait sa porte à clé, refusant de faire un câlin à l'enfant, et qu'elle le reléguait en bas de l'escalier.

– Je me rappelle la première fois que tu es venu dans ma chambre, dit grand-père.

Mais je ne pus le regarder en face.

– Tu as tout de suite aimé le feu et l'horloge, poursuivit-il. Tu touchais tous les livres à ta portée sur l'étagère de la bibliothèque. Tu es monté sur un fauteuil, tu t'es assis et tu as souri.

La colère commença à se faire sentir au bout de mes doigts et de mes orteils. Je crus que j'avais simplement froid. Je me rappelle, sous la douleur et la confusion, cette voix rationnelle dans ma tête qui disait : *Il fait froid ici. Tape des pieds. Frotte tes mains l'une contre l'autre. Écoute.*

Grand-père continuait de parler. Il dit que j'étais bien rebondi, et rayonnant sous la suie. Il dit que je retrouvai rapidement ma joie de vivre, que j'étais curieux et indépendant.

– Je crois que tu en savais davantage sur la vie quand tu n'avais que deux ans que ce que j'en savais moi-même, dit-il encore.

– Qui étais-je ? demandai-je, tandis que le froid gagnait mes membres, que la colère m'envahissait.

– Tu es Chap, répondit-il. Tu as toujours été simplement le petit Chap pour moi.

– Et elle, comment est-ce qu'elle m'appelait ? Comment m'appelait ma mère ?

Grand-père fit non de la tête.

– Elle t'appelait Damiel, dit-il. Elle te donnait un tas de noms. Mais elle n'était pas ta mère.

J'étais Alice tombant dans le trou noir, ignorant quand je toucherais le fond. Je me sentais tomber.

La fille disparut, apparemment. Elle partit en emportant 100 livres qui appartenaient à grand-père, et qu'elle avait trouvées dans une boîte à biscuits. Elle dit qu'elle s'en allait. Elle lui dit au moins ça. Il s'aperçut qu'il n'était pas seulement déçu, mais anéanti. Il s'aperçut que les quelques semaines, les quelques mois où ils avaient mis sa maison sens dessus dessous et s'étaient servis de lui avaient été parmi les plus heureux de sa vie. Elle était en train de franchir la porte quand il s'en rendit compte, elle avait un visage de pierre, les cheveux lavés, coiffés, brillants.

– Et le garçon, le petit Chap ? demanda-t-il. Où est votre fils ? Je ne peux pas lui dire au revoir ?

– Gardez-le, répondit la fille. Ce n'est pas mon fils. Il n'est le fils de personne d'après ce que j'en sais. C'est pour ça qu'il s'est attaché à moi.

Je ne pleurai pas en la voyant partir. Grand-père me donna un bain, me mit au lit, me lut un livre, et resta assis là toute la nuit à me regarder dormir. Je fus sage comme une image. Le lendemain aussi, et le surlendemain, et toutes les nuits suivantes.

– Tu n'as jamais posé aucun problème, dit-il. Tu ne m'as apporté que de la joie.

– Tu aurais dû en parler à quelqu'un, lui reprochai-je, en sentant la fureur monter dans ma poitrine.

– Tu dormais comme un ange, poursuivit-il. Tu t'es réveillé en souriant. Je t'ai donné du lait chaud, tu l'as bu, tu as tortillé tes cheveux, et tu m'as souri avec tes joues roses comme des pommes.

Je ne pouvais pas le regarder. Je fixai la fenêtre, vers le ciel noir sillonné de lueurs.

– Je t'aime, dit-il. Je t'ai appris à lire. Je t'ai appris à faire la cuisine. Je t'ai appris à être libre, indépendant, sûr de toi, le contraire de moi.

Je restai silencieux. Je ne lui parlai pas.

– Chap, reprit-il. Je t'aime.

Ma colère explosa alors, elle se déversa dans la pièce comme de la lave.

– Qui est Chap ? m'écriai-je, et le son de ma voix était amer, caustique.

– Toi.

– À moins que je sois Damiel ? C'est ça ?

– Oui.

– Ou personne.

– Non, tu n'es pas personne.

– PERSONNE ! criai-je. PERSONNE, RIEN !

– Chap, ne...

Je ne me souviens pas de tout ce que j'ai dit à grand-père, je ne m'en souviens pas exactement. J'étais aveuglé par la colère. J'étais entraîné dans le vide, et il n'y avait que lui contre qui crier, il n'y avait que lui à détester. C'est lui qui a tout pris, ça, c'est sûr. Je lui ai dit qu'il m'avait volé ma vie. Je lui ai dit qu'il m'avait dépouillé de tout.

– Où est ma famille ? demandai-je. Où l'as-tu cachée ? Qui suis-je ?

Je lui criai que je n'étais personne à cause de lui – grâce à lui –, un vieil homme solitaire, aigri, égoïste, malade.

– Je te déteste, lui lançai-je à la figure, tandis qu'il se recroquevillait sur sa chaise, sans défense, rongé par les remords, défait.

Je vis mon crachat atterrir sur sa joue. Je vis la peur dans ses yeux, la peur que je le frappe, et en même temps je vis qu'il l'espérait à moitié. Je le détestai de tout mon être. Je le lui criai. Puis je sortis de sa triste et sale petite cellule, je descendis l'escalier quatre à quatre, je sortis au milieu des feux d'artifice, dans la nuit. Je n'ai plus jamais revu grand-père.

Il était sept heures vingt-cinq. J'ai demandé à ce type, dans la rue. Je n'étais plus personne. C'est là que ça a commencé.

XX

Frank revint au milieu de la nuit. J'étais allongé sur mon lit, sur les couvertures, épuisé et complètement éveillé, toujours vêtu de mes habits tachés de boue. Je l'entendis. Il roula lentement dans la cour, tous phares éteints. Il arrêta le moteur, et resta assis dans sa voiture. Il y eut un long intervalle silencieux entre le moment où il coupa le moteur et celui où je l'entendis ouvrir sa portière, puis la refermer en essayant de ne pas faire trop de bruit.

Était-ce parce qu'il était attentionné et ne voulait pas nous réveiller ? Ou bien se glissait-il dans la maison sans se faire remarquer, pour venir me régler mon compte ?

Il entra avec mille précautions. Les clés tintèrent légèrement dans la serrure, le verrou grinça un peu quand il le poussa. J'entendis la queue du chien toucher quelque chose en remuant. J'entendis la voix de Frank, et le chien l'accueillir avec un grognement amical et déçu. Frank ôta ses chaussures et les posa soigneusement au bas de l'escalier. Je l'imaginai en train de le faire.

Je restai couché là, pétrifié de peur, à l'écoute de ses moindres mouvements, du plus petit bruit. Je perçus le frôlement de ses pas dans l'escalier, puis le long du couloir. Ils s'arrêtèrent devant ma chambre. Je m'étais barricadé à l'intérieur, j'avais mis une chaise contre la porte.

Dans la salle de bains, l'eau était toujours dans la baignoire, glacée et immobile. Les vêtements de Frank étaient toujours par terre. Je n'étais sorti de la pièce qu'une fois sûr qu'Edie et Helen avaient renoncé à m'attendre. Je n'avais pas quitté la salle de bains avant d'avoir la certitude qu'elles étaient toutes deux endormies.

Je pense que j'entendais Frank, et que Frank m'entendait, chacun d'un côté de la porte. Chacun de nous savait que l'autre était à l'affût.

Je ne sais pas exactement combien de temps il resta là. Les heures s'étaient arrêtées. J'avais perdu la notion du temps, je ne pouvais plus compter sur lui. Frank soupira doucement, puis il entra dans sa chambre et ferma la porte. Je l'entendis se barricader, lui aussi, je reconnus le déclic de la clé dans la serrure.

Je restai éveillé toute la nuit. Je me demandai s'il avait dormi.

Le matin, avant qu'aucun d'eux soit debout, je pris le téléphone d'Edie dans la cuisine et appelai Floyd.

Il était très tôt. Je savais que j'allais le réveiller.

– Qui est à l'appareil ?

– Cassiel.

– Non, ce n'est pas lui. Non, tu n'es pas Cassiel. Qui est-ce ?

Je crus qu'il ne m'entendait pas bien. Je sortis pour avoir une meilleure communication.

– Pourquoi est-ce que tu m'as conseillé de dire ça à Frank ? demandai-je. Qu'est-ce que ça signifiait ?

Je l'entendis remuer et s'asseoir sur son lit.

– Comment est-ce qu'il a réagi ? demanda-t-il. Qu'est-ce qu'il a fait ?

– Il n'a pas apprécié. Il a eu peur. Il a changé de tête. J'ai eu peur moi aussi. Qu'est-ce qui se passe, Floyd ?

– Il faut qu'on se voie. Viens me retrouver au labyrinthe.

Je lui demandai si je pouvais lui faire confiance.

– Non, répondit-il. Non, tu ne peux pas. Tu ne peux te fier à personne.

Je regardai mon reflet sur les fenêtres humides, nuageuses, de la cuisine, et soufflai en gonflant les joues.

– Tu viens ? demanda-t-il.

– Je serai là-bas dans une heure. Je pars maintenant.

– Regarde derrière toi en descendant, dit Floyd. Vérifie que Frank ne te suit pas.

– Pourquoi ?

– Tu n'es plus en sécurité, dit-il. Voilà pourquoi.

*
* *

Floyd était là avant moi. Nous étions seuls. Le Géant d'osier avait grandi. Ses jambes, son ventre étaient étendus sur l'herbe, comme s'il était couché, avec les deux tiers de son corps.

– Il vaut mieux rester là, à découvert, dit Floyd, pour voir qui vient.

– Tu es sérieux ? demandai-je, mais je savais qu'il l'était.

Je lançai un caillou dans le fleuve. Il fit six ricochets, puis disparut sous la surface dans un petit bouillonnement. L'eau était rapide, nerveuse, et bruyante.

– Qu'est-ce qui se passe, Floyd ?

– Tu le sais, répondit-il.

– Pourquoi tu m'as conseillé de dire ça à Frank ? Pourquoi est-ce que je serais soudain en danger ?

Floyd ramassa une poignée de graviers puis la laissa retomber.

– Peut-être que tu l'es, et peut-être pas.

– De quoi s'agit-il exactement ?

– Tu n'es pas Cassiel.

Le dernier caillou tomba de sa main avec un bruit sec. Je n'entendais plus que l'eau, le vent dans les arbres, et la respiration de Floyd, qui attendait.

– Comment ?

– Je sais que tu n'es pas Cassiel, dit-il en me regardant droit dans les yeux. Et Frank le sait aussi.

Je ne discutai pas. Je ne me donnai pas cette peine. Floyd en était absolument certain, je le voyais bien, et il avait raison. Je m'accroupis au bord du fleuve, une main sur la tête, l'autre dans l'eau froide. Je restai silencieux.

– Tu lui ressembles tellement, dit-il. C'est extraordinaire.

– Qu'est-ce qui s'est passé, ensuite ? demandai-je.

Ses yeux et sa voix étaient durs comme de l'argile sèche :

– Il y a quand même des choses que j'aimerais savoir.

– Quoi, par exemple ?

– Par exemple : est-ce que tu n'es vraiment pas lui ? Est-ce que ce n'est vraiment pas toi ?

– Ce n'est pas moi, confirmai-je, puis je me mis à rire en me l'entendant dire.

– Qui es-tu, alors ?

Je répondis à Floyd que ça n'avait pas d'importance. Que je n'étais personne. Je sentais cette impression familière de vide là où aurait dû se trouver la réponse à cette question. Je ressentais ce manque, cette absence de famille, plus profondément que jamais.

– Si, c'est important, dit-il.

– Je n'y peux rien. Je ne suis personne. C'est un fait.

Il ne sut que répondre.

– Pourquoi tu ferais ça ? demanda-t-il au bout d'un moment. Pourquoi tu ferais semblant d'être Cassiel ?

J'ignorai sa question. Il la répéta.

– Pourquoi tu ferais ça ?

J'attendis une minute avant de répondre. Je profitai simplement du chuchotement de l'eau sur les pierres, du chant des oiseaux et de l'air libre. Je profitai de la présence de Floyd à côté de moi, comme si nous étions juste deux amis en train de se promener.

– C'est arrivé, c'est tout. Je n'ai pas su arrêter les choses.

Floyd hocha lentement la tête, à moitié souriant, à moitié étonné.

– Comment des choses de ce genre peuvent-elles seulement arriver ? demanda-t-il.

Je n'avais pas envie d'en parler. J'avais envie de rester là et de m'enfuir en même temps.

– Tu lui ressembles tellement ! s'exclama-t-il.

– Désolé.

– Tu lui ressembles tellement que je pourrais encore croire que tu es lui.

– Eh bien, non, je ne le suis pas. J'aurais bien aimé.

– Pourquoi ? demanda Floyd, et il eut du mal à cacher son dégoût. Pourquoi voudrais-tu être quelqu'un d'autre ? Pourquoi voler la personnalité de quelqu'un comme ça ?

Je repensai au foyer, au moment où, coincé dans le débarras, j'avais regardé le visage de Cassiel Roadnight et avais vu le mien.

– Parce qu'on me l'a servi sur un plateau, dis-je. Parce que je ne suis personne et que je n'ai personne. Parce que je n'avais rien à perdre.

– Je te regarde et je continue à le voir, même maintenant que je suis au courant.

– Eh bien, ne me regarde pas ! dis-je. Je regrette ce que j'ai fait, mais je ne peux pas m'empêcher d'avoir la tête que j'ai.

Il n'arrêtait pas de me dévisager, cependant. Je devais être vraiment une bonne contrefaçon, et Floyd était un expert, il m'étudiait à la recherche de différences, de détails minuscules qui lui auraient échappé.

Je lui demandai comment il s'était aperçu que je n'étais pas Cassiel.

Floyd détourna les yeux.

– Je n'ai rien vu, au début, dit-il. Mais quand je l'ai compris, ça m'a paru évident. Vous êtes très différents l'un de l'autre.

– En quoi ?

– Cassiel n'a jamais été mon ami, pour commencer. Il se moquait de moi. La seule fois où il m'a jamais demandé quelque chose, c'était le soir de Hay on Fire, quand...

– Et c'est à cause de ça que tu t'en es rendu compte ?

– Tu ne savais rien, répondit-il. Tu m'as posé tellement de questions.

– C'est vrai.

Il haussa les épaules et sourit.

– Et bizarrement, tu es plus sympa qu'il ne l'était. Tu es différent, c'est tout.

– Tu viens de dire qu'on était exactement pareils.

– Si on ne regarde pas bien, c'est vrai. Mais je regardais bien.

– Et les autres, ils ne regardaient pas ?

– Les gens ne regardent pas, répondit Floyd. Ils voient. Ce n'est pas la même chose.

– Comment ça ?

– Les gens voient ce qu'ils s'attendent à voir, ce qu'ils

ont besoin de voir. Edie et Helen ont vu ce qu'elles voulaient voir.

– Et toi ?

Floyd haussa les épaules.

– Je suppose que je suis l'un des seuls qui n'aient pas eu besoin que Cassiel revienne. C'est pour ça que j'ai pu te voir, toi.

– Et Frank ?

– Frank sait que tu n'es pas son frère. Il l'a toujours su.

Je repensai à Frank, à sa façon chaleureuse de m'accueillir. J'avais l'impression de sentir encore son étreinte fraternelle, sa cordialité, son enthousiasme, son affection. Était-il possible qu'il ait fait semblant pendant tout ce temps ? Qu'il ait si bien menti ? Qu'il ait été si froid, si maître de lui, si insensible ?

– Comment peux-tu en être sûr ? lui demandai-je.

– Parce que Frank l'a tué, répondit Floyd. Frank a tué Cassiel.

– Tu l'as déjà affirmé, remarquai-je, et personne ne t'a cru.

– Mais toi, tu me crois, dit Floyd. Je pense que tu me crois.

Je lui demandai pourquoi, si Frank savait qui j'étais (ou qui je n'étais pas), il n'avait rien dit. Pourquoi ne m'avait-il pas chassé de chez lui, dénoncé à la police, ou abandonné à mon sort ?

– Pourquoi a-t-il été si gentil avec moi ? demandai-je.

– Tu ne réfléchis pas.

Je dis que je n'en avais pas la force.

– Frank ne te dénoncera jamais, affirma Floyd.

– Pourquoi ?

– Il a besoin de toi, si tu réfléchis un peu. Frank a plus besoin de toi que n'importe qui d'autre.

Si Floyd avait raison, si Frank avait tué Cassiel, alors j'étais son alibi. Tant que j'étais là à jouer son frère, j'étais la preuve que son frère était toujours vivant.

C'était évident, en y repensant. Et ça faisait froid dans le dos. J'étais tombé dans un piège que j'avais construit de mes propres mains.

Si Floyd avait raison, Cassiel était mort, et je vivais avec son assassin. Si Cassiel était mort, alors nous partagions un terrible secret, Frank et moi, et chacun avait besoin de l'autre pour le garder.

Mais comment Floyd pouvait-il en être si sûr ?

– Dis-moi qui tu es, demanda-t-il encore une fois.

– Personne.

– Comment ça, personne ? Qu'est-ce que ça signifie ?

– Je me suis réveillé un jour, et j'étais tout seul. Rien de ce que je croyais savoir n'était vrai. Pas même mon prénom. Voilà ce que ça signifie.

– Quel est ton prénom ?

Je haussai les épaules.

– Je n'en ai pas.

– Comment est-ce que les gens t'appellent, en dehors de Cassiel Roadnight ?

– Mon grand-père m'appelait Chap.

– Chap.

– Oui, mais ce n'est pas mon nom. Et ce n'était pas mon grand-père. Nous n'étions pas de la même famille.

– Chap comment ?

– Chap rien.

– Où habites-tu, Chap Rien ?

Je le regardai.

– Pourquoi tu veux le savoir ? Tu veux me renvoyer là-bas ?

– Où sont tes parents ?

– Je n'ai pas de parents. Je n'ai personne. Je vis là où je veux.

– Est-ce que tu t'es enfui ?

– Personne ne me cherche, si c'est ce que tu veux savoir. Je ne manque à personne. Je ne me suis pas enfui. Je me suis perdu. Je n'existe pas.

– Mais si, tu existes, dit Floyd. Tu es assis là. Je te vois.

– Tu es bien le seul, répliquai-je.

Je lui demandai comment il pouvait être si sûr de la mort de Cassiel. Je lui demandai comment il pouvait être si sûr que Frank l'avait tué, alors même que la police ne l'avait pas écouté, et que toute la ville pensait qu'il était cinglé.

– Je n'en étais pas sûr jusqu'à ce matin, répondit-il. Je le savais, mais je n'en étais pas sûr jusqu'à ce que tu m'appelles.

Je lui demandai ce qui s'était passé de nouveau, ce qui avait changé.

– M. Artemis, dit Floyd.

– Qui est-ce ? demandai-je. Qui est-ce M. Artemis ? Est-ce que c'est un nom de code ? C'est ce que j'ai pensé.

Floyd fit non de la tête.

– Ce n'est pas un nom de code. C'est la partie la plus noire du noir secret de Frank.

– Explique-moi ce que c'est. Et comment tu le connais, ce secret ?

Floyd rit silencieusement.

– Qu'est-ce qu'il y a de drôle ? demandai-je.

– Frank doit crever de trouille, en ce moment.

– Pourquoi ?

– Seul Cassiel savait la vérité sur M. Artemis. Il n'y avait que Cassiel et Frank. Personne d'autre au monde n'était au courant, et c'est pour ça que Frank l'a tué.

– Tu es au courant, toi aussi.

– Uniquement à cause de ce que Cassiel m'a donné la nuit où il a disparu. Uniquement parce que j'ai fini par comprendre.

– Je ne saisis pas.

– Pour Frank, dit Floyd, soit tu es Cassiel, revenu d'entre les morts, soit tu es son alibi en béton, dans lequel tu viens d'ouvrir une sacrée brèche. Dans les deux cas, Frank est en train de la boucher. Il revient à la case départ.

Je repensai au visage de Frank, à son expression horrifiée, à l'apparition fugitive sous ses traits habituels d'une autre personne, obscure, démente, mauvaise.

– Et Edie ? Helen ?

Floyd fit non de la tête.

– Elles ne savent rien. Je parierais ma vie là-dessus.

– Ou la mienne, rétorquai-je avec une pointe d'amertume. On dirait que tu paries plutôt la mienne.

Un homme suivi d'un chien ouvrit le portail du sentier qui donnait sur le terrain municipal. La grille grinça sur ses gonds et se referma en gémissant. Ce n'était pas tout près de nous, c'était un petit bruit, mais nous levâmes tous deux les yeux, et Floyd se baissa vivement.

– Est-ce que c'est Frank ? demandai-je.

– Je ne vois pas d'ici.

L'endroit était désert. Frank pourrait facilement nous tuer, Floyd et moi, et s'éloigner sans qu'il y ait aucun témoin, sans que personne l'ait vu en dehors de l'herbe, des arbres et du fleuve. Jamais l'herbe, les arbres et le fleuve ne m'avaient paru si insensibles, si inutiles.

Pendant tout ce temps passé chez les Roadnight, j'avais eu peur que Frank voie clair en moi, ou que Cassiel réapparaisse. Je n'aurais pas dû m'inquiéter. J'étais en sécurité chez Cassiel, j'étais une pièce qui s'encastrait parfaitement dans le puzzle de Frank. J'étais tranquille chez moi, et je ne le savais même pas.

M. Artemis avait tout gâché. Floyd m'avait fait tout gâcher.

J'aurais dû lui en vouloir, mais je ne le pouvais pas. N'avais-je pas fait bien pire moi-même ?

– Ce n'est pas Frank, dit-il, en regardant toujours au loin. Ce n'est pas son chien. Et je crois que ce type, là-bas, a les cheveux gris.

– Bien, dis-je. Parle-moi de M. Artemis. Dis-moi comment tu peux prouver que Frank est un assassin, et dis-moi ce qu'on est censés faire.

Il resta silencieux un moment. Nous étions assis dos au fleuve, scrutant le terrain communal.

Puis Floyd dit qu'il n'était pas idiot. Il en avait peut-être l'air. Il voulait bien l'admettre.

– Les gens voient ce qu'ils veulent voir, tu t'en souviens ? dit-il.

– Tu n'as pas l'air idiot, répliquai-je. Tu as l'air étrange.

– Être étrange, c'est être idiot par ici. C'est un endroit assez simple.

Je ne savais pas pourquoi il racontait tout ça. Je ne voyais pas le rapport avec le reste.

Je lui demandai pourquoi Frank ne s'en était pas pris à lui.

– Comment se fait-il qu'il ne s'en soit pas pris à toi alors que tu l'as accusé ? S'il a tué Cassiel uniquement parce qu'il savait quelque chose, comment se fait-il que tu ne sois pas mort alors que tu es allé voir la police ? Qu'est-ce qui te rend intouchable ?

Floyd haussa les épaules.

– Frank a détruit les preuves, dit-il, sans quitter des yeux l'homme et son chien. Je suis sûr que la première chose qu'il a faite a été de balancer tous les papiers de Cassiel au feu. Il pense qu'il n'y a plus rien qui puisse le faire condamner.

– C'est vrai.

– Et il a pensé que ce n'était pas la peine de s'inquiéter à cause de moi, que j'étais trop bête, comme tout le monde le pense ici.

– Bien, dis-je. Tu es vivant parce que tu es bête.

– Et justement. Je ne suis pas si bête. J'ai fait des copies.

– Des copies ?

Il m'adressa un petit sourire, timide, fier de lui.

– De tout ce que Cassiel m'a donné quand il m'a lancé son sac. De tout ce que j'ai remis à la police.

– Les preuves.

– Exactement. Ce n'était pas rien, contrairement à ce qu'avait déclaré la police. Il fallait simplement creuser un peu pour comprendre ce que ça signifiait.

– Et qu'est-ce que ça signifiait ?

Floyd me regarda.

– Que Frank est dedans jusqu'au cou. Et que tu n'es pas la seule personne qu'il ait tuée.

D'après Floyd, Frank était un escroc. Sa voiture tape-à-l'œil, ses chaussures hors de prix, son style de vie haut de gamme, tout avait été volé, tout était suspect, tout avait été construit sur du sable.

– Tout le monde pense qu'il a très bien réussi, dis-je.

– C'est vrai. Il en a l'air, en tout cas.

– Alors, qui est-ce M. Artemis ?

– Qui était-il ? corrigea Floyd. Il est mort depuis longtemps.

– OK. Qui était-il ?

– M. Artemis était un client de Frank, un vieil homme vivant reclus, qui possédait une fortune, et pas de famille. Une bonne affaire, conclut Floyd.

– Qu'est-ce que tu entends par là ?

– Frank l'a volé, répondit Floyd. Il lui a pris son argent, et je pense qu'il l'a tué.

– Tu plaisantes ?

– Réfléchis à son cas. Vieux millionnaire solitaire, décédé de mort naturelle. Et qui s'est révélé beaucoup plus pauvre que ce que tout le monde croyait.

– Donc tu penses que Frank lui a pris son argent ?

– Je le sais.

– Mais tu ne sais pas s'il l'a tué.

– Eh bien, je l'en crois capable. Pas toi ?

Je pensai à la façade parfaite de Frank, à sa personnalité élégante, compétente, brillante. Était-il possible qu'un assassin se dissimule aussi bien ? Qu'il se promène partout sans le moindre remords ?

Selon Floyd, Frank avait un compte en banque en Suisse, rempli d'argent détourné. Il avait volé M. Artemis pendant des années.

– Comment se fait-il qu'il n'ait pas été arrêté ? demandai-je. Que personne ne s'en soit aperçu ?

– Cassiel le savait.

– Comment le savait-il ? Comment est-ce qu'on découvre quelque chose comme ça ?

– Aucune idée, répondit Floyd. Il n'est pas là pour qu'on puisse lui poser la question.

Cassiel avait laissé des détails codés dans un carnet. Il avait des enregistrements de transactions en ligne qu'il avait sauvegardés sur des disques. Floyd avait passé des heures à les étudier, des semaines et des mois à essayer de comprendre ce que tout cela signifiait.

– Tout est là, dit-il. Le compte bancaire de Frank en Suisse, et celui de Cassiel aussi.

– Celui de Cassiel ?

– Cassiel faisait chanter Frank, expliqua Floyd. C'est ce que j'ai découvert peu à peu. Il avait ouvert un compte de son côté. Frank y versait régulièrement de l'argent. Les sommes étaient de plus en plus importantes. Il lui prenait tout.

– Donc Frank avait volé son client, et Cassiel volait son frère ?

– Oui. Sauf que Frank ne savait pas que c'était Cassiel. Pas au début. Il savait seulement que, s'il était pris, il irait en prison pour très longtemps. Il ne savait pas qui l'avait découvert. Il ne savait pas qui il payait. Mais il payait parce qu'il avait peur.

– Il ne savait pas que c'était son frère ?

– Non. Mais il l'a appris.

– Comment ?

– Dieu seul le sait, répondit Floyd. Peut-être que Cassiel n'a plus fait suffisamment attention en devenant riche. Peut-être qu'il a dépensé trop d'argent. Il portait ce qu'il y a de mieux comme vêtements. Il se vantait, en disant qu'il s'achèterait une voiture dès qu'il aurait l'âge de conduire. Il était aussi m'as-tu-vu que Frank, m'as-tu-vu et peu subtil.

– Tu n'aimais pas beaucoup Cassiel, on dirait ?

Floyd rit, mais son visage restait sombre.

– Je n'aimais pas Cassiel, et Cassiel ne m'aimait pas.

– Alors pourquoi il t'a donné son sac ? Pourquoi est-ce qu'il t'a fait confiance, s'il ne t'aimait pas ?

– Je ne sais pas pourquoi il m'a choisi. Je pense qu'il était désespéré. À mon avis, il a choisi la première personne qu'il a vue, c'est aussi simple que ça. Et il a dit que j'étais la dernière personne à qui Frank aurait pensé.

– Mais alors pourquoi tu fais tout ça ? lui demandai-je. Pourquoi est-ce que tu te donnes ce mal ?

– Un crime est un crime, répondit Floyd.

– Tu penses que Frank a tué Cassiel.

– Je le sais.

– Et tu crois qu'il a également tué M. Artemis ?

Floyd haussa les épaules.

– Je n'ai pas de preuve, dit-il. Je pense simplement qu'il l'a fait. Aurait-il tué son propre frère uniquement pour de l'argent ? Je pense qu'il y avait plus grave que ça.

– Je vois.

– Et quand on a tué une fois, il ne doit pas être très difficile de recommencer. Surtout si on a tout à perdre.

Je hochai la tête.

– Un crime est un crime, dis-je. Et un mensonge est un mensonge.

– Personne n'est mort à cause de toi.

Je pensai à grand-père. Je pensai à Cassiel.

– Mais la mort de quelqu'un pourrait passer inaperçue à cause de moi. C'est vrai, non ?

– Ce n'est pas parce que nous n'étions pas amis, Cassiel et moi, que j'ai envie de voir Frank s'en tirer si facilement.

– Je comprends.

Floyd me répéta les paroles qu'avait prononcées Cassiel cette nuit-là, la nuit de sa disparition.

– Il m'a dit : « Je suis cuit. Il sait que c'est moi. Tout est fini. Je suis mort. » Il était terrifié. Frank l'a tué. Il l'a tué, il a fermé son propre compte, et il a pris celui de Cassiel.

– Le compte de Frank était au nom de M. Artemis ?

– Non. C'est celui de Cassiel qui était au nom de M. Artemis. Tu peux imaginer ce que Frank devait ressentir, en rendant l'argent qu'il avait pris à un mort. Qu'il l'ait tué ou pas, il devait avoir l'impression qu'il s'agissait d'une vengeance. Le compte de Frank était sous un nom différent.

– Qu'est-ce qui est arrivé à ce compte ?

– Il l'a vidé. À mon avis, il l'a vidé, puis il l'a fermé. Je pense qu'il a tué Cassiel, qu'il a repris le compte au nom de M. Artemis et qu'il a supprimé le sien.

– Pour brouiller les pistes.

– Exactement. Ensuite, il a effacé tout ce qu'il y avait dans l'ordinateur de Cassiel.

– Frank a prétendu que c'était moi qui l'avais fait, dis-je. Il m'a raconté que Cassiel avait tout effacé pour qu'on ne puisse pas le retrouver. Il a ajouté que c'était ce que la police lui avait expliqué.

– C'est lui qui s'en est chargé, bien sûr ! Il savait que tu n'étais au courant de rien. Il savait que tu serais d'accord avec tout ce qu'il pourrait inventer sur Cassiel.

Je clignai des yeux, je déglutis, et tout commença à prendre un sens.

– C'est le compte de Cassiel qui était au nom d'Artemis, pas celui de Frank, reprit Floyd. C'est pourquoi, quand tu as prononcé son nom, Frank a dû être terrassé. Tu n'aurais pas dû le connaître. C'est pour ça qu'il a peur de toi, qui que tu sois. Tout l'argent est passé sur le compte Cassiel-Artemis la nuit où il est mort. Après sa mort. C'est là que Frank a transféré tous les fonds.

– Recommence, demandai-je. Juste une fois. Le plus simplement possible. Raconte-moi ce que tu sais.

Floyd inspira profondément. Il soutint mon regard, et parla calmement, en énumérant les différents points sur ses doigts.

– Je sais que Frank a volé de l'argent à un vieil homme riche qui n'a pas vécu assez longtemps pour s'en rendre compte, dit-il. Je sais que Cassiel faisait chanter Frank. Je sais que Cassiel a ouvert un compte au nom de M. Artemis et que Frank a versé de l'argent dessus. Je sais que Frank a découvert que c'était le compte de Cassiel et je sais que Cassiel a essayé de s'enfuir. Je sais que Cassiel m'a donné des preuves, même si c'était difficile à déchiffrer. Je sais que Frank a tué son frère, qu'il a caché son corps, et qu'il a transféré tout l'argent.

– Comment le sais-tu ?

– J'ai découvert son numéro de code confidentiel, répondit Floyd. J'ai réussi à le trouver. J'ai deviné juste, aussi incroyable que ça paraisse. 0511. Le 5 novembre. J'ai pu accéder au compte de Frank-Artemis. Il y a plus d'un million de livres sterling dessus. J'ai vérifié.

XXI

D'après Floyd, c'était de moi que dépendait ce qui allait se passer. Il voyait pour le moment quatre possibilités.

– Commençons par la première. Tu pourrais aller trouver Frank, dit-il, et lui raconter ce que tu sais, ce que je t'ai révélé.

– Pourquoi est-ce que je ferais ça ?

Floyd me regarda. Un regard sombre, neutre, sans peur.

– Il y a beaucoup d'argent en jeu, répondit-il. Vous pourriez décider de me tuer, Frank et toi, de vous partager le magot, et de continuer à mener vos doubles vies.

– Arrête, tu me rends malade.

– Tu pourrais avoir envie de continuer à être Cassiel Roadnight, non ?

Je ne lui répondis pas.

– Quelle est la deuxième possibilité ? demandai-je.

– Deuxième possibilité, vous me laissez en dehors de toute l'affaire, mais vous décidez, Frank et toi, que chacun garde le secret de l'autre. Ça pourrait marcher.

– Comment ?

– Je ne peux rien prouver à cause de ta présence. Si tu continues d'être Cassiel, alors Cassiel n'a jamais été assassiné.

– Je protège Frank.

– Exactement. Dans ce cas, il pourrait ne pas te tuer. Tu pourrais donc être tranquille, toi aussi, dit Floyd en essayant de sourire. C'est un bénéfice mutuel, une relation symbiotique. On a étudié ça en biologie, à l'école. Les parasites.

– Super !

– Tu comprends, je ne peux rien faire sans ton appui, et Frank a autant besoin de toi que tu as besoin de lui. Vous pourriez vous entraider.

– Ça pourrait marcher.

– Il ne te reste plus qu'à espérer que Frank le pense aussi en ce moment même, sinon tu es mort.

– Et toi ? demandai-je. Tu sais que je ne suis pas Cassiel. Tu ne dirais rien ?

Floyd éclata de rire.

– Moi ? Tu plaisantes ? Qui me croirait ?

Il avait raison. J'étais tranquille aussi longtemps que je voulais l'être. Tranquille, c'était une façon de parler.

– Troisième possibilité, reprit-il. Tu prends simplement l'argent. Tu prends l'argent, tu t'en vas, et tu es Chap Rien, quelque part ailleurs. Tu as le numéro de code confidentiel.

– Toi aussi. Comment se fait-il que tu ne l'aies pas déjà pris ?

– Je ne veux pas de l'argent ensanglanté de Cassiel, répondit Floyd. Je préfère ne rien avoir.

– Et la quatrième possibilité ?

– Oh, la quatrième, dit Floyd en souriant. C'est celle que je préfère. La quatrième, c'est qu'on coince Frank.

Il ramassa une pierre, la lança violemment sur la berge, cassant et dispersant d'autres pierres plus petites, qui découvrirent leurs blessures étincelantes.

– Comment ? demandai-je.

– Je sais comment. Mais je ne pense pas pouvoir le faire sans toi. C'est à toi de décider.

Le terrain communal n'était plus vide. L'homme au chien était parti, mais une bande de huit ou neuf enfants arrivait, ainsi qu'une femme et son bébé, et un couple qui se tenait par la main.

– Tu devrais y aller, dit-il.

– Aller où ?

– Rentrer chez toi.

– Pour quoi faire ?

– Tâter le terrain. Te décider.

Je n'en revenais pas qu'il me laisse le soin de prendre cette décision seul.

Allais-je sauver ma vie et continuer de me faire passer pour Cassiel Roadnight, me maintenant en équilibre précaire grâce à Frank, mais en équilibre quand même ? Allais-je partir en étant millionnaire ? Ou allais-je tout laisser tomber et Frank avec ?

Allais-je punir l'assassin de Cassiel, ou utiliser la mort de Cassiel à mon avantage ?

Floyd m'avait montré toutes les éventualités, et maintenant il me laissait choisir seul. Je pense que c'était la chose la plus généreuse, la plus désintéressée que quelqu'un avait jamais faite pour moi. Personne depuis grand-père.

– J'ai déjà décidé, dis-je. Ça y est.

– Non, répliqua Floyd. Tu ne peux pas le faire comme ça. Aussi vite.

– Si.

– Non, s'il te plaît. Rentre chez toi et réfléchis. Rentre chez toi et appelle-moi demain.

– Rentrer chez moi et passer une autre nuit sous le même toit que Frank ?

– Fais semblant d'être de son côté, me conseilla Floyd. Fais semblant d'avoir choisi la première possibilité.

– Où est-ce que ça s'est passé ? demandai-je.

– Quoi ?

– Cassiel. Où est-ce que Frank l'a tué ?

– Ici, répondit Floyd. Quelque part par ici, sur ce terrain, la nuit de Hay on Fire, quand c'était plein de monde.

– Il est enterré dans le coin ?

Floyd acquiesça d'un hochement de tête.

– Oui, je pense.

– Comment Frank s'y est pris ?

– Aucune idée. J'aimerais bien savoir.

J'étais plongé dans ces pensées en revenant à la maison. J'ouvris la porte et entrai dans la cuisine. Ils étaient tous là, en train de préparer le petit déjeuner et de ranger, mais je les vis à peine, tellement j'étais obsédé par ces questions : où était Cassiel ? Comment Frank l'avait-il tué ? Qu'avait-il fait du corps ?

Frank avait une attitude parfaitement, dangereusement normale, à faire froid dans le dos. Il leva les yeux, sourit, mit une cuillerée de céréales dans sa bouche. Il ne cilla pas. Il ne se démonta pas.

– Salut, petit frère ! dit-il, la bouche pleine, et il me fit un clin d'œil.

Un clin d'œil !

Je lui souris.

– Salut !

Frank était déjà sûr du choix que j'aurais fait. J'avais intérêt à lui laisser croire qu'il avait raison. Qu'il le croie autant qu'il le voudrait !

Helen m'embrassa sur la joue, et passa son bras autour de ma taille. Elle appuya la tête contre mon épaule. Edie était occupée devant l'évier. Elle ne leva pas les yeux vers moi.

Elles me manqueraient. Je me surpris à contempler la pièce comme si c'était la dernière fois que je la voyais. Je les observais comme si je savais que je ne les reverrais plus.

– Tu ne t'es pas changé, constata Helen.

– Je sais.

– On dirait que tu as dormi tout habillé.

– C'est ce que j'ai fait.

– Il y a plein d'eau chaude, dit Edie. Prends un bain, Cass, pour ton bien autant que pour le nôtre.

Je ris.

– D'accord. J'y vais, j'y vais.

– Dégage ! insista Edie. C'est ce que j'essaie de te dire.

– Regarde, répondis-je, en sortant dans le couloir et en ouvrant la porte qui donnait sur l'escalier. Je m'en vais. Je suis déjà parti.

– Parfait ! me cria-t-elle, tandis qu'Helen la reprenait :

– Edie !

Oui, c'était décidé, le lendemain ou le surlendemain, quel que soit le moment, je m'en irais pour de bon.

Je me fis couler un bain, et je le pris, cette fois-ci. Je restai allongé dans l'eau chaude, immobile – de l'eau volée –, et je réfléchis.

Frank monta et frappa à la porte. J'étais étendu sur le dos, la tête renversée en arrière, à moitié sous l'eau. J'écoutais le bruit des gouttes qui tombaient lourdement du robinet, le glissement et le bruissement sourd de mon corps dans la baignoire. Je ne l'entendis pas, au début.

Il frappa de nouveau, un peu plus fort.

– Cassiel, dit-il. Je peux entrer ?

– Non, répondis-je. Pas question.

Il parla doucement, tout près, derrière la porte. Je me rappelai la première fois que je lui avais parlé au téléphone, comme ses lèvres frottaient contre le micro, comme ça résonnait fort à mes oreilles. Je me demandai pourquoi je n'avais pas trouvé ça menaçant, cette confiance en lui, ce calme, cette froideur, son absence totale de surprise. Je me rappelai comme il avait tenu mon visage entre ses mains quand il m'avait vu, en m'examinant, puisqu'il savait que je n'étais qu'une réplique, que j'étais un imposteur. Je ne m'en étais pas aperçu. J'étais pourtant sur mes gardes, mais je n'avais rien vu.

Les gens ne voient que ce qu'ils veulent voir, m'avait dit Floyd. Ils voient ce qu'ils veulent, ce à quoi ils s'attendent, ce dont ils ont besoin. Je ne faisais pas exception à la règle. Floyd avait raison. J'avais vu un grand frère. J'avais vu ce que je voulais voir.

La voix de Frank était doucereuse, basse, une voix de prédateur.

– Je suis désolé pour hier, désolé d'être parti comme ça.

– Pas de problème.

– Je comprends ce que tu as voulu dire, à présent, reprit-il. Je te comprends très bien. Je crois que nous nous comprenons l'un l'autre.

– Oui, Frank, répondis-je.

– Parce que nous sommes pareils, tous les deux, n'est-ce pas ? Et nous avons besoin l'un de l'autre.

Je plongeai de nouveau la tête sous l'eau. Je tournai le robinet d'eau chaude du bout du pied. J'écoutai l'eau tomber en cascade dans le bain, puis je ressortis la tête pour respirer.

– Oui, lui criai-je. Tu as raison, Frank. Nous sommes exactement pareils.

Je restai allongé là, à penser à cette famille gentille, ordinaire, affectueuse, à cette vie parfaite dont j'avais rêvé, à cette tranche de normalité que j'avais prise sans demander. Je songeai à ma propre famille, où qu'elle soit, je me demandai si elle se souvenait un peu de moi, si elle savait même que j'existais. Je pensai à Cassiel, assassiné par son propre frère, et dont j'avais dérobé l'identité pendant qu'il gisait dans sa tombe.

Je savais ce que j'allais faire depuis le moment où Floyd était assis à côté de moi au bord du fleuve et m'avait exposé les choix possibles, depuis le moment où il m'avait dit la vérité. Ce n'était pas une question de décision.

Je coincerais Frank. J'irais chercher Cassiel Roadnight et je le ramènerais chez lui. Peu m'importait ce qui m'arriverait. J'étais au-delà de cette préoccupation. Il était temps de me racheter.

On ne peut pas voler une vie comme ça. On ne peut pas être quelqu'un d'autre et s'en sortir aussi simplement. Au bout du compte, il faut rendre tout ce qu'on a pris.

Ce fut un étrange après-midi, doux et tendu. Après le déjeuner, Helen et Frank allèrent faire des courses. Je jouai aux cartes avec Edie. Personne n'avait de travail. Personne ne faisait rien. C'était comme un dimanche. J'en parlai à Edie :

– Ici, chaque jour est comme un week-end.

– Qu'est-ce que tu entends par là ?

– Il ne se passe rien.

– Tu veux dire qu'on reste là à ne rien faire. À dépenser l'argent de Frank, soupira-t-elle.

Cette pensée me fit froid dans le dos. Si elles savaient d'où venait l'argent de Frank ! Si elles savaient qui était mort pour ça !

– Je sais, reprit Edie. J'ai l'impression que je pourrais mourir d'ennui.

– Tu n'as qu'à bouger un peu.

– Oui, mais comment ?

– Tu pourrais t'en aller. Chercher un boulot. T'inscrire à l'université.

– Qu'est-ce que je sais faire ? Je suis bonne à quoi ?

– Un tas de choses. Tu peux faire tout ce que tu veux.

– Quelles conneries ! s'exclama-t-elle. Où est-ce que tu as lu ça ?

– Bon, alors disons que tu peux essayer de faire ce que tu veux.

– J'aime mieux ça.

– Va aux Beaux-Arts. Lance-toi dans une activité qui te plaise. Arrête de t'ennuyer et de dépenser l'argent de Frank. Ça n'a aucun intérêt.

Elle me regarda d'un drôle d'air.

– Très bien, oncle Cass. Je vais t'écouter. Merci pour le conseil.

– Il n'y a pas de quoi.

Elle regarda ses cartes.

– J'ai gagné, dit-elle. J'arrête. Je t'ai battu.

J'allai me coucher tôt. J'étais épuisé de ne pas avoir fermé l'œil de la nuit. Je ne savais pas comment j'allais dormir cette nuit-là non plus, si c'était même possible avec Frank dans sa chambre de l'autre côté du couloir. Je savais qu'il pourrait entrer et me tuer à n'importe quel moment. Il ne me restait qu'à espérer que Frank me croie. Qu'il croie que j'étais exactement comme lui. Que je jouais le jeu pour l'argent. S'il en était convaincu, alors je pourrais être encore vivant le lendemain matin.

Je téléphonai à Floyd. Je piquai de nouveau le portable d'Edie, et je l'appelai de ma chambre. Je lui expliquai que j'étais décidé. Qu'il n'y avait plus à hésiter.

– Transfère l'argent, dis-je.

La voix de Floyd à l'autre bout du fil était aussi étouffée que la mienne, et aussi pressée.

– Quoi ?

– Frappe-le là où ça fait mal. Fais-le maintenant, avant qu'il le fasse lui, s'il n'est pas trop tard.

– J'y ai pensé, répondit-il. J'ai pensé qu'il l'avait peut-être déjà transféré.

– Vérifie. S'il l'a déjà fait, alors très bien. Il ne restera plus longtemps là, à le dépenser. Sinon, ouvre un nouveau compte, et mets l'argent dessus. Vole-le !

– Sous quel nom est-ce que j'ouvre le compte ?

– Sous le tien. Ça n'a pas d'importance.

– Je ne peux pas. On ne peut pas faire ça sous un vrai nom. Il y a un million de livres, bon sang !

– Chap Hathaway, dis-je. Prends ce nom-là.

– C'est le tien ? demanda-t-il. Alors, tu vas disparaître avec tout cet argent ?

– Je ne veux pas de l'argent de Frank. Je n'en veux pas un centime.

– Compris.

– Et ce n'est pas mon nom. Je ne connais pas mon nom, je te l'ai dit. Je n'en ai pas.

– Chap Hathaway, répéta Floyd.

– Non, ne raccroche pas ! J'ai une meilleure idée. Mets-le au nom de Cassiel.

– Pourquoi ?

– Parce que c'est à lui. Parce qu'il est mort pour cet argent.

– Et tu vas… ?

– Je te l'ai déjà dit, je n'en veux pas. Je ne suis plus Cassiel. Après ce que j'ai appris, je ne reste pas là.

– C'est bien de ta part.

– Quoi ?

– Tu aurais pu tout prendre, si tu voulais. C'est bien de ta part d'en faire cadeau.

– Ça ne m'appartient pas, je n'en fais pas cadeau.

– Oui, mais quand même.

– C'est la seule chose à faire. Je n'aurais pas pu me supporter si j'avais agi autrement.

On se dit au revoir.

– Qu'est-ce qui va se passer ? demandai-je encore. Qu'est-ce qu'on va faire ?

– Ça se passera le soir de Hay on Fire. Comme l'autre fois.

Hay on Fire. Le 5 novembre.

– Ne dors pas, me conseilla-t-il. Ferme ta porte à clé.
– Merci, dis-je. Je vais essayer de rester vivant.

Je remis le portable d'Edie à sa place, et appuyai de nouveau ma chaise contre la porte. Je restai couché, trop effrayé pour dormir, et trop fatigué pour ne pas m'assoupir. Même pendant que je dormais, je rêvais que j'étais étendu, éveillé, dans cette chambre, guettant Frank, attendant ma propre mort.

Ce fut Helen qui me réveilla au milieu de la nuit, et non pas Frank. Elle murmura d'une voix implorante de la laisser entrer.

J'ouvris la porte, surtout pour qu'elle arrête de parler. J'ouvris, puis retournai aussitôt au lit, car je ne voulais pas qu'elle fasse de bruit. Elle s'assit à côté de moi. Je restai à côté d'elle à écouter le calme dans la maison, à écouter le silence. J'aurais voulu remettre la chaise contre la porte. J'aurais voulu que tout cela soit fini.

– Est-ce que c'est à cause de ce que je t'ai dit ? demanda-t-elle.

– Comment ?

– Est-ce que tu t'es enfui à cause de ce que je t'ai dit ?

Je ne comprenais pas à quoi elle faisait allusion. Je n'étais pas Cassiel, je ne pouvais pas savoir.

– Il faut que tu me dises si c'est pour cette raison que tu es parti, insista-t-elle.

Elle me prit la main, la posa sur ses genoux et la garda entre les siennes.

Je restai silencieux. J'essayai de voir son visage dans l'obscurité, mais je ne voulais pas qu'elle voie le mien. Je laissai donc la lumière éteinte.

– Je t'en ai parlé parce que j'ai pensé qu'il fallait que tu le saches, poursuivit-elle. Je n'avais pas l'intention de te faire du mal.

– Tu ne m'as pas fait de mal, répondis-je.

– Je sais que ce n'est pas vrai, Cassiel. Il fait partie de toi, et en fera toujours partie. C'est comme ça, quand on est jumeaux.

Je ne comprenais pas de quoi elle parlait. Mon cerveau me paraissait épais, lent, brumeux.

– Comment ? Qu'est-ce que tu as dit ?

J'allumai la lumière. Helen ramassa ma chemise tachée de boue et la plia, sans s'en rendre compte, je pense, simplement pour faire quelque chose.

– Vous êtes venus au monde ensemble, répondit-elle, tandis que la maison endormie soupirait et murmurait autour de nous. Damiel et toi. Je ne voulais pas que tu passes toute ta vie sans être au courant de son existence. Est-ce que c'était une erreur ? Est-ce que j'ai eu tort de t'en parler ? Ou est-ce que j'ai attendu trop longtemps, au contraire ?

Damiel.

On ne peut pas oublier un nom comme ça. C'était ainsi que la fille m'avait appelé. C'était ce que grand-père m'avait raconté.

– Où est-il ? demandai-je en la regardant fixement, et en essayant de ne pas élever la voix. Personne ne m'en a parlé. Personne ne m'a parlé de Damiel avant.

Helen hocha tristement la tête.

– Il a disparu, répondit-elle. Et personne ne sait ce qu'il est devenu. Je te l'ai dit. C'était une période terrible. Frank et Edie avaient déjà été confiés aux services sociaux au moment de votre naissance. Et vous aussi m'avez été retirés, tous les deux. Je n'ai jamais parlé de lui à Frank ni à Edie.

La pièce tournait autour de moi. Je sortis du lit, allai m'accouder à la fenêtre, et j'eus un haut-le-cœur, mais je ne pouvais pas vomir.

– Ça va ? demanda Helen. Qu'est-ce que tu as ?

– Ils nous ont pris tous les deux ?

Je repensai à la première fois où j'avais vu la photo de Cassiel, comme j'avais eu l'impression de voir une photo de moi. Je me souvins de ma stupeur à la pensée qu'il y avait quelque part une personne que je n'avais jamais rencontrée, qui n'avait rien à voir avec moi, et qui me ressemblait comme un frère. J'avais pensé que c'était un miracle, un univers parallèle, une double vie. Il ne m'était jamais passé par la tête que je pouvais être en train de regarder mon jumeau.

– Cassiel ? Qu'est-ce qui se passe ? demanda-t-elle. Je t'ai déjà raconté tout ça. Je t'en ai parlé avant.

– Je dois avoir oublié, dis-je d'une drôle de voix.

Helen crut que j'étais ironique.

– Non, dit-elle, ne prends pas les choses comme ça !

– Tu crois que je suis parti parce que tu m'en as parlé ?

Elle acquiesça de la tête, cherchant sur mon visage la réponse dont elle avait besoin, mais elle n'y vit rien d'autre que la nausée, le choc que j'éprouvais, et la quadrature d'un terrible cercle.

– À moins que tu sois parti parce que je ne t'en avais pas parlé avant, murmura-t-elle.

– Raconte-moi tout, encore une fois.

– Pourquoi ?

– S'il te plaît ! Ne me demande pas pourquoi. Recommence simplement depuis le début.

– Ton père est mort, commença-t-elle, sans tourner les yeux vers moi, le regard absent, plongé dans la pénombre de la pièce. Ton père est mort avant ta naissance. Avant que nous sachions que j'attendais des jumeaux. Il ne l'a jamais su.

– Comment est-il mort ?

– Ça, tu le sais. Pourquoi tu me le demandes ?

– Fais comme si je ne le savais pas. Continue.

– Il a eu un accident. Au travail.

– Ah.

– Il est tombé, il s'est cogné la tête et…

Elle s'interrompit. Elle me fit signe de revenir sur le lit et de m'asseoir à côté d'elle.

– Je suis désolé qu'il soit mort, dis-je.

– Je sais, dit-elle en prenant mes mains dans les siennes. Ton père est mort, j'avais deux enfants encore petits, pas de famille à qui parler, et un bébé en route.

– Deux bébés, la repris-je.

– Oui. Deux bébés. Et je ne m'en sortais pas. Je vous ai tous laissés tomber. Mes pauvres enfants, dit-elle, la voix brisée, refoulant ses larmes.

– Continue. Ne t'arrête pas, s'il te plaît.

– Frank avait presque huit ans, et il essayait de prendre les choses en mains, de s'occuper de la famille. C'était dur pour lui. Il portait tout le poids de la situation sur ses épaules. Edie n'avait que deux ans. Je me suis effondrée.

– Qu'est-ce qui s'est passé ? demandai-je.

– J'ai perdu mes enfants. On me les a retirés pour leur bien. J'ai perdu la tête.

Frank et Edie avaient été pris en charge par les services sociaux, voilà ce que me raconta Helen, puis, à leur naissance, les jumeaux Cassiel et Damiel l'avaient été aussi.

– Juste le temps de me remettre, poursuivit-elle. Juste le temps de tenir de nouveau debout.

Cela avait pris presque trois ans.

– Quand je vous ai récupérés, vous ne vous étiez jamais vus. Toi, Edie et Frank. Frank n'appréciait pas ta présence. Il pensait que tu ne faisais pas partie de la famille. Je n'ai pas pu lui dire.

– Lui dire quoi ?

Elle s'était battue pour récupérer la garde de ses enfants. Elle y était parvenue. On les lui avait rendus, tous, sauf un.

– Je n'ai pas pu lui parler de Damiel. Ton frère jumeau est mort dans un incendie quand il avait deux ans.

Il y eut cette clameur dans ma tête, ce bruit constant, aveuglant, blanc. Je regardai mes mains sur le lit. Je n'arrivais pas à bien les voir.

Je n'arrivais plus à voir, à respirer, à avaler.

– Tu étais là, dit-elle. On t'a sauvé. Mais lui, on ne l'a jamais retrouvé.

Je fus incapable de lui révéler la vérité. Je restai silencieux.

– Les sauveteurs ont pensé qu'il avait brûlé dans l'incendie de la maison, reprit-elle en me frottant la main, comme pour se réchauffer elle-même. Lui, Damiel, et un autre enfant, un adolescent.

– Une fille, murmurai-je.

– Oui, je te l'avais déjà dit, non ? Une fille.

Non, tu ne m'avais rien dit, aurais-je voulu répliquer, je le savais, c'est tout.

– Est-ce que tu l'as déjà ressenti ? me demanda-t-elle.

– Ressenti quoi ? demandai-je, mais je savais de quoi elle parlait.

De la faim que la nourriture n'apaiserait jamais. De la nostalgie déchirante, qui ne serait jamais adoucie par l'amour, par les drogues, ni par le sommeil. De l'espace impossible à combler entre le reste du monde et moi.

– Ressenti quoi ? répétai-je.

Puis je répondis.

– Oui, tout le temps.

Tout en parlant, je m'écroulai sur le lit et posai ma tête sur elle. C'était tout ce que je pouvais faire, alors même que je ne désirais plus qu'une chose : me blottir sur ses genoux, en attendant qu'elle me berce jusqu'à ce que je m'endorme, malgré mon mètre quatre-vingts.

C'était tout ce que je pouvais faire, alors que j'étais complètement déchiré, comprenant qu'il était trop tard. Car c'était ma mère. Elle n'était ni volée, ni empruntée, c'était la mienne.

Je n'étais pas Chap. Je n'étais pas personne.

Je m'appelais Damiel.

Mais comment pourrais-je jamais le lui dire ?

Le jumeau dont j'avais toujours ignoré l'existence, le jumeau que je venais de découvrir, le garçon dont j'avais reconnu le visage comme étant le mien, était mort, son cadavre enterré dans le terrain communal, tandis que son assassin était bien vivant dans la chambre voisine. Et moi, je faisais semblant d'être son fils assassiné.

Helen respirait doucement, régulièrement, à côté de moi, assise sur le lit. Elle me tenait la main.

Comment réagirait-elle si je lui apprenais ce qu'il en était ? Où échouerait-elle, brisée, si elle apprenait la vérité sur ses fils ? Si elle savait que l'un était mort, l'autre un assassin, et le troisième un voleur, un imposteur et un menteur.

J'essayais de réfléchir. De décider ce qu'il fallait faire.

Le lendemain était le jour de Hay on Fire, et Frank allait payer pour ce qu'il avait fait. Je voulais en être sûr.

Et pour que Frank paie, il fallait que je dise la vérité.

Helen devrait la découvrir.

Elle avait perdu un fils, mais ce n'était pas Damiel.

Le feu ne m'avait pas tué.

Le frère jumeau de Cassiel était assis tout près d'elle. Le frère jumeau de Cassiel, c'était moi.

XXII

Tous les ans, Hay on Fire commence dans la ville, devant la salle paroissiale, où le défilé attend, retenant son souffle. La machine à vapeur gronde, prête à partir dans un bruit de tonnerre, en tête du cortège. Les danseurs, les joueurs de tambour, les gens de la fête se tiennent derrière, en costume, irréels sous les paillettes d'or et d'argent, vêtus de noir, cachés par des masques, leurs longues silhouettes bizarres, silencieuses, en attente. Les enfants portent des lanternes en papier et en osier. Les marcheurs, guindés et sans visage, sentinelles drapées dans leurs capes, tiennent des torches allumées. Les danseurs sont parés de rouge, d'orange et de jaune, comme le feu, la fanfare est parmi eux, ses instruments étincelant comme des joyaux en flammes.

Lorsque le signal est donné, la machine à vapeur démarre, les roulements de tambours retentissent, la fanfare se met à jouer, les danseurs avancent, ondulent, tourbillonnent, s'élèvent, tournent en rond et recommencent. Ils forment un corps chamarré, à la fois horrible et splendide, qui se faufile dans les rues étroites, accélère le mouvement et attire d'autres corps en passant devant la foule qui regarde. Arrêtant la circulation, il serpente, battements de tambours au cœur, là où le fleuve serpente, là où la terre s'aplanit jusqu'au terrain communal et disparaît dans l'eau noire, la ligne de partage entre la terre et l'eau restant indistincte, invisible dans la nuit.

J'y étais. J'étais dans le cortège. Je l'ai vu. Je l'ai vu du début à la fin. Helen ne voulait pas que j'y aille.

– Ça m'inquiète, Cass, avait-elle dit. C'est comme si tout recommençait. Comme si tout allait recommencer.

Je mentis :

– Il n'arrivera rien. Je vais simplement m'amuser un peu. Comme nous tous, non ?

Je portais une cape noire à capuchon qui recouvrait entièrement mes vêtements. Mon visage était mi-doré mi-argent, mes yeux étaient cachés derrière un masque noir et rouge. C'était Floyd qui avait choisi mon costume. C'était exactement le même que celui de Cassiel deux ans auparavant. Voilà pourquoi Helen avait protesté, pourquoi elle n'aimait pas ça.

Frank n'avait pas apprécié non plus. C'était une manière de lui rappeler ce qui s'était passé. Je commençais à aller un peu trop loin.

Je me demandai s'il savait déjà que je lui avais pris tout son argent aussi.

Probablement pas. Il m'agresserait dès qu'il le saurait.

Le visage peint d'Edie était d'une pâleur maladive. Les cernes sous ses yeux étaient gris, bleus et noirs. Elle avait crêpé ses cheveux jusqu'à ce qu'ils retombent, électriques, sur ses épaules, presque jusqu'au creux des reins. Sa robe était blanche, elle portait un voile de gaze fine, qui ondoyait entre elle et ce qu'elle voyait. L'entaille rouge sur sa gorge avait saigné, tachant le haut de son corsage.

– La mariée macchabée, dit-elle à Helen en souriant, avant de me remarquer, de voir comment j'étais habillé, et de reculer aussitôt, en me jetant un regard anxieux.

Je vis la peur dans ses yeux. Ses dents paraissaient mortes et jaunes contre la blancheur de sa peau.

– Super ! dis-je, mais elle ne répondit pas.

Helen et Frank ne s'étaient pas déguisés. Ils iraient voir le défilé, dirent-ils, ainsi que le spectacle et ils regarderaient les feux d'artifice du haut de la colline.

– Ensuite nous rentrerons à la maison, n'est-ce pas, mam ? dit-il. On ne se couchera pas tard. Les choses doivent reprendre leur cours normal demain matin. Je dois retourner travailler, et me lever tôt.

Sa voix était forcée, métallique, on sentait qu'il avait préparé et répété son texte. Les femmes me regardèrent d'un air vide, mélancolique. Edie se mordit les lèvres. Helen se rongea les ongles. Frank eut un sourire impudent, abject, plein de morgue.

Je savais, quelque part au fond de moi, sans ressentir d'émotion particulière, qu'il avait déjà l'intention de me tuer cette nuit-là. Je le savais, sans même avoir besoin de dire ce que Floyd et moi avions décidé que je dirais pour m'en assurer. Je pense que Frank avait estimé qu'il ne pourrait pas avoir confiance en moi tant que je serais vivant. Je pense qu'il avait décidé qu'il ne pouvait pas prendre le risque.

Voilà comment ce serait de vivre avec lui, pensai-je. Je redouterais chaque jour qu'il en ait assez. Je serais sans cesse sur mes gardes, m'attendant à mourir.

Je ne l'aiderais pas à garder son secret.

– N'y va pas, Cass, dit encore Helen.

– Laisse-le tranquille, intervint Frank. Il va simplement s'amuser un peu. Il ne va pas s'enfuir de nouveau, n'est-ce pas, Cass ? (Il n'attendit pas ma réponse.) Il n'ira nulle part.

– C'est le soir de Hay on Fire, dis-je, d'une voix étouffée, sentant la nervosité, la tension, dans chaque cellule de mon corps. Comment pourrais-je rater ça ?

– Fais attention, m'avertit Edie, comme si elle savait ce que j'allais faire.

Les danseurs tanguaient et se tordaient autour de moi. Les battements des tambours gagnaient mes pieds, entraient dans mon corps et sortaient de mes oreilles, exactement comme Floyd l'avait raconté. Il était quelque part par là. Il m'avait prévenu qu'il serait près de moi, même si je ne le voyais pas. Je n'étais pas censé le voir.

Il m'avait dit :

– Fais ce que tu as à faire, et ne t'inquiète pas pour moi. Je serai là quand il le faudra. Si tu sais exactement ce qui va se passer, ça ne marchera pas. Joue ta partition et fais-moi confiance pour le reste.

Le cortège traversait la ville. Nous étions sur le chemin accidenté qui menait au labyrinthe. La foule s'engouffrait sur le sentier étroit. Les danseurs tourbillonnaient de plus en plus vite, les tambours jouaient de plus en plus fort, les costumes étaient plus éclatants, plus voyants, plus réels qu'ils ne l'avaient été dans les rues éclairées.

J'attendais que Frank me trouve. Je le guettais.

J'avais fait ce que je devais faire. J'avais suivi le plan de Floyd. Frank et Helen regardaient le défilé devant la pharmacie. Je les avais vus, sous le porche, au milieu des autres spectateurs, dans le froid. Je m'étais écarté une seconde du cortège, noir dans le noir, passant inaperçu. J'avais souri à Helen, ma mère, l'avais embrassée sur la joue, puis je m'étais penché vers Frank. Je lui avais parlé à l'oreille, sans ambiguïté.

– Notre marché ne tient plus, avais-je dit. Tu n'es pas à l'abri. J'ai M. Artemis. J'ai changé son nom. J'ai pris ton argent et demain, je révélerai tout. Pour m'arrêter, tu devras me tuer comme tu as tué ton autre frère.

Frank n'avait pas remarqué l'« autre ». Son visage était resté impassible, figé dans un sourire factice. Il n'avait rien pu faire, avec Helen à côté de lui. Ses yeux sombres flamboyaient de colère et de fureur, le monstre était en l'homme. J'avais senti la chaleur de son souffle sur mon cou. Trois mots. Prononcés avec calme et assurance.

– Tu es mort.

J'avais rejoint le cortège, m'étais glissé au milieu des autres et me laissais emporter par la foule. Je me demandais comment il allait s'y prendre. Au milieu de tout le monde, là, dans l'obscurité, quelque chose de rapide comme un couteau, quelque chose de silencieux, de rapide et silencieux.

Ou quelque chose de plus lent, juste lui et moi quelque part dans l'obscurité, avec le bruit de la foule derrière nous, sans personne pour nous voir.

Je me demandais s'il avait décidé de me tuer de la même façon qu'il avait tué Cassiel. Et je savais que je le méritais, de mourir de la même façon que le frère dont j'avais volé la vie.

Dieu, s'il te plaît, fais que Floyd soit quelque part par là, pensai-je. Fais qu'il ne me laisse pas tomber.

La foule se rassembla sur la pente du terrain communal, tandis que le cortège poursuivait son chemin vers le terre-plein, là où se trouvaient les personnages en rotin, les labyrinthes circulaires et le Géant d'osier, qui attendaient tous le sort qui leur était réservé : brûler dans un magnifique brasier.

Je me mis sur le côté, silencieux, attentif, espérant passer inaperçu au milieu du spectacle, du chaos, de l'agitation. La musique rugit. Les flammes crépitèrent et dansèrent. Les saltimbanques attendirent au bord du cercle en jonglant, leurs jouets de feu fendant l'air avec de lourds soupirs rythmés. L'odeur âcre et dense de la paraffine montait dans le ciel. Des fils électriques serpentaient à travers champs, formant un réseau de connexions. Les feux de bois crachaient des flammes comme le souffle de dragons endormis. Les feux de Bengale attendaient silencieusement au sol, leur bruit, leur énergie, leur lumière contenus en eux, prêts à exploser. C'était étrangement calme, là où je me trouvais, dans l'œil du cyclone. Je voyais tout et rien à la fois. C'était assourdissant et, en même temps, sans aucun son. Je me demandai si ce seraient les dernières choses que je verrais, les derniers bruits que j'entendrais. J'étais surpris de me sentir aussi triste à l'idée de disparaître.

Je ne voulais pas mourir. C'était trop injuste. Je venais de découvrir qui j'étais.

Je vis d'abord Frank, en rouge et noir, déguisé, qui venait vers moi en traversant le sol en feu, son masque de tous les jours ayant disparu de son visage au profit d'un masque noir qui ne masquait pas sa rage.

Un homme et un enfant d'osier se tenaient par la main derrière lui, leurs contours éclairés par les flammes qui se découpaient sur le ciel noir. Les exclamations de la foule faiblirent soudain. Je la perdis de vue. Il n'y avait plus que Frank.

Je savais ce qu'il avait fait. Il était rentré à la maison. Il avait accompagné Helen jusqu'à sa chambre, il l'avait mise au lit. Il lui avait donné une double dose de somnifères pour qu'elle dorme sans se réveiller. Il avait insisté lourdement sur le fait qu'il irait se coucher lui aussi. Helen était son alibi. Je savais comment Frank s'y prenait. N'étions-nous pas pareils, tous les deux ? À présent, il venait vers moi, froid et décidé, le regard meurtrier.

Merde ! pensai-je. Je le dis peut-être même à haute voix. Floyd, où es-tu ?

C'est alors que je vis Floyd aussi, qui venait de l'autre côté, se dirigeant droit vers nous. Je ne sais pas comment je compris que c'était lui. Sauvage, superbe, resplendissant, enfant de la balle s'élevant au-dessus de ses humiliations, phénix renaissant de ses cendres. Frank ne le reconnaîtrait jamais. Il pouvait être à quelques centimètres de nous, Frank ne saurait pas qui il était. Personne ne le saurait.

Floyd était plus grand que tout ce que j'aurais pu imaginer, sur ses échasses drapées dans du tissu. Son visage noirci était presque invisible sous le masque d'un immense dragon crachant du feu, ses mains guidaient ses ailes à l'aide de tiges d'acier, son épine dorsale était couverte d'une masse de bannières et de drapeaux frémissants, sa tête étrangement mobile se balançait, gracieuse et souple.

J'en eus le souffle coupé.

C'est alors que Frank passa à l'action. Il m'attrapa par la gorge et m'emmena, sans se faire remarquer. J'eus beau tenter de résister, de me débattre, de lui donner des coups de pied, de pousser des cris étranglés, il m'entraîna au bord du fleuve, dans un fossé où ne parvenaient ni les sons, ni la lumière des feux. L'eau luisait, étrange et verte. Elle s'écoulait, inconsciente.

– Tu es mort, dit Frank, et il me jeta brutalement par terre.

Les pierres s'enfoncèrent dans mon dos, mon épaule et mes jambes.

– Comment est-ce que tu vas me tuer, Frank ? demandai-je, la douleur et la colère donnant à ma voix un ton de défi. Comme Cassiel ?

Je perçus alors quelque chose dans les buissons juste à ma gauche. Je ne le vis pas, ne l'entendis pas, je le sentis simplement, comme un souffle. Était-ce Floyd ? Comment aurait-il pu arriver si vite ? Et sans se faire voir ? Il était là. Est-ce qu'il enregistrait ce qui se passait ? Est-ce que ma mort se déroulait comme prévu ?

– Où est mon argent ? demanda Frank. Où l'as-tu mis ?

– Je l'ai donné à Cassiel, répondis-je. Je l'ai mis à son nom. Il l'a gagné, tu ne crois pas ?

Frank me frappa en pleine figure, avec le dos de sa main. Je fus étourdi pendant une seconde, je n'éprouvai rien, puis la douleur m'envahit, remplissant le vide qui s'était fait, les joues me brûlaient, ma mâchoire était en feu. Titubant, j'essayai de me relever de là où j'étais tombé, dans la boue et les pierres.

– Alors, tu l'as volé, dit-il. Tu as pris sa place, et maintenant tu me prends mon argent.

– Je ne veux pas un sou. Je ne veux pas toucher à l'argent pour lequel tu as tué Cassiel.

Il me frappa de nouveau.

– Est-ce que je vais te donner en pâture au Géant d'osier, toi aussi ? T'assommer avec les somnifères d'Helen, te fourrer dans le ventre de paille, tandis que les flammes lui lèchent les jambes ? Je pense que tu es trop grand pour ça, maintenant, qui que tu sois. Je pense que nous n'en sommes plus là.

– C'est ce que tu lui as fait ? demandai-je, en lui échappant des mains.

– Je vais plutôt te noyer, dit-il. C'est simple : tu es tombé, tu t'es cogné la tête, et tu t'es noyé. Quel dommage, toi qui étais tout juste revenu ! Quelle tragédie !

– Où est-il ? demandai-je. Où as-tu mis mon frère ?

– Ton frère ? s'exclama Frank avant de me frapper de nouveau, plus fort, sur le côté de la tête.

À ce moment, le premier feu d'artifice fut tiré au-dessus de nous, un éclair hurlant, terrifié, de lumière blanche qui explosa, arrachant des soupirs à la foule, illuminant une expression de pure haine sur son visage.

– Qui es-tu ? demanda-t-il, en me tirant par les cheveux jusqu'à ce que je me relève.

J'avais mal à la mâchoire, j'avais la tête qui tournait. J'avais une douleur lancinante dans la joue, comme une pulsation. Il y eut un bruissement dans le buisson, je l'entendis. Je vis quelqu'un bouger derrière.

– Je suis Damiel Roadnight, répondis-je d'une voix forte, pour la première fois.

Je me sentais triste et fier à la fois de le dire.

– Ton frère. Je suis le jumeau de Cassiel. Tu ne savais pas que j'existais, hein ?

La foule s'émerveilla de nouveau des fusées rouges et vertes, d'un jaillissement argenté qui retomba doucement, comme de l'eau étincelant à la lumière du soleil.

– Toi et moi, nous ne sommes pas pareils, Frank, lui dis-je tandis qu'il s'apprêtait à me frapper. Mais nous l'étions, Cassiel et moi. Nous étions identiques. Je suis revenu le venger.

Et je frappai Frank sur le côté de la tête de toutes mes forces, avec une pierre que j'avais ramassée par terre. Je le frappai de nouveau, jusqu'à ce qu'il tombe, qu'il perde conscience, et s'effondre comme un sac de chiffon à mes pieds.

Au même moment, je vis le dragon de Floyd se précipiter vers nous de l'endroit où l'on tirait les feux d'artifice, de là où les flammes léchaient le cadre du Géant d'osier, brûlant, soudain sonore et crépitant, illuminant le ciel sombre, transformant la nuit en quelque chose qui n'avait rien à voir avec le jour. Floyd n'était pas assez près de nous. Il n'avait pas pu avoir ce qu'il fallait. J'avais fait tout ça pour rien. Qu'est-ce que j'avais imaginé derrière les buissons ? Qu'est-ce que j'avais vu et entendu ?

Une silhouette blanche, toute petite, recroquevillée et frissonnante, aux cheveux bruns crêpés, aux ombres grises sous les yeux. Edie se redressa. Elle avait tout entendu. Elle tenait son téléphone d'une main tremblante pour qu'on le voie, Floyd et moi. Elle avait tout enregistré.

XXIII

Le cadavre de Cassiel avait brûlé dans le Géant d'osier jusqu'à ce qu'il n'en reste pratiquement rien. Personne n'avait vu Frank le remplir de bois, de laine et de fibres, de serviettes imbibées de produits chimiques afin qu'elles explosent et augmentent suffisamment la température pour que le corps soit carbonisé avant que le feu s'éteigne. Personne n'avait vu Frank monter à l'échelle, Cassiel pendant à son épaule, drogué et enveloppé dans un sac de toile. Ce fut un beau Géant d'osier, cette année-là, c'est ce que tout le monde dit. Très spectaculaire.

Ensuite, Frank était resté là, pour aider à nettoyer. Il l'avait fait les années précédentes. Cela n'avait rien d'exceptionnel. Le trou était déjà creusé pour y enterrer les cendres chaudes. Frank y avait jeté ce qui restait du Géant d'osier et de son frère à l'intérieur. Mon frère. Le mien, celui de Frank et d'Edie.

Personne n'avait remarqué la disparition de Cassiel jusqu'au matin. Helen avait alors donné l'alarme, et Frank avait mené les recherches, se montrant très inquiet, débordant d'amour fraternel. Cassiel avait été balayé, le contenu de son ordinateur effacé. Toute trace de lui avait disparu.

À l'exception de ce que Cassiel avait donné à Floyd.

Et personne n'avait cru Floyd, la première fois.

Il appela la police sur le téléphone d'Edie. Je restai au-dessus de Frank, une pierre à la main, au cas où il se réveillerait avant que la police arrive. Je n'avais plus peur de le frapper de nouveau. Je n'avais plus d'appréhension. J'en avais envie.

Edie tremblait. Elle avait les yeux vitreux. Je ne voulais pas qu'elle soit mêlée à ça.

– Pourquoi tu es là ? lui demandai-je.

Elle ne répondit pas, me transperçant du regard.

Floyd ôta son costume et le posa sur le sol. Le déguisement claqua faiblement au vent, comme un dragon vaincu.

– Comment se fait-il qu'Edie soit là ? demandai-je à Floyd. Pourquoi est-ce que tu l'as entraînée là-dedans ?

– Ce n'est pas moi, répondit Floyd.

– Quoi ?

– Crois-moi si tu veux, mais c'est elle qui est venue me voir.

Il n'eut pas le temps de m'en dire davantage. Qu'une voiture de police traverse le terrain communal et s'arrête au bord du fleuve n'était pas un événement exceptionnel, surtout une nuit comme celle-ci. Les policiers étaient partout. Edie leur donna son téléphone. Ils lui enveloppèrent les épaules dans une couverture. Floyd raconta aux policiers ce qu'Edie avait vu et entendu, ce qu'elle avait enregistré. Ils soulevèrent Frank comme un poids mort et le poussèrent dans la voiture. Il grogna un peu et, en l'entendant, je me rendis soudain compte de la peur que j'avais eue, je compris que j'avais failli mourir, que Cassiel avait failli mourir deux fois.

Floyd nous reconduisit à la maison dans la voiture d'Edie. Elle n'arrêtait pas de trembler.

– Helen dort, dis-je. Frank lui a donné une double dose de médicaments.

J'avais à peine prononcé ces mots que la panique d'Edie déferla comme une vague blanche. Elle se répandit partout dans la voiture, volant l'oxygène. Sa voix était précipitée, cassée.

– Je n'en peux plus, dit-elle.

Elle ouvrit la portière et essaya de sortir en marche. Elle fut dehors, dans la nuit, avant même que nous ne nous soyons arrêtés, tout en blanc, le visage blanc, tel un fantôme. Floyd sortit. Je restai là où j'étais. Si j'essayais de l'approcher, elle risquait de s'enfuir. Je regardai ce qui se passait par la fenêtre. Ses mains étaient deux poings serrés le long de son corps, sa bouche un trou noir, les muscles de son cou tendus.

– Je n'en peux plus, cria-t-elle. Oh, mon Dieu !

Je ne savais pas quoi faire. Je me baissai et enfouis mon visage dans mes mains. Elle était ma sœur, et elle ne l'était plus. J'avais tout et rien en même temps.

– Edie, murmura Floyd d'une voix calme et basse, qui se porta vers elle dans le noir, accompagnant ses pas.

Elle se détourna de Floyd, s'éloigna de la voiture. Elle disparut presque dans l'obscurité. Elle serra ses bras sur sa poitrine, et se balança légèrement.

– Qui est-il ? marmonna-t-elle.

Floyd me regarda à travers la vitre.

– C'est ton frère.

Lorsque je lui avais révélé, ce soir-là, que j'étais le jumeau de Cassiel, Floyd avait eu un bref sourire, il s'était courbé en deux, et s'était couvert les yeux. Puis il m'avait embrassé. Il avait dit qu'il en était heureux et désolé à la fois. Il m'avait demandé : « Pourquoi ? », « Comment ? », tout en sachant que nous aurions tout le temps d'en parler plus tard.

J'attendis. J'attendis la réaction d'Edie.

– Quel est le prénom de notre grand-mère ? me demanda-t-elle à travers la vitre en criant.

– Comment ?

– Comment s'appelait notre premier chien ? Quelle est ma couleur préférée ? Quand est l'anniversaire de mam ?

– Je ne sais pas.

– Quel film est-ce qu'on regarde toujours à Noël ?

– Edie...

– Tais-toi ! dit-elle. Sors de ma voiture !

Je sortis et lui fis face de l'autre côté du toit gris métallisé, crasseux, couvert de taches de pluie. Floyd me regarda. Le maquillage noir était resté sur son visage. Il s'étalait en longues traînées mal essuyées. Son visage disparaissait dans l'obscurité, comme s'il s'évanouissait dans la nuit.

– Qui es-tu ? demanda-t-elle.

– Pourquoi est-ce que tu m'as aidé, Edie ?

Elle tourna les yeux vers le ciel noir, puis vers Floyd. Elle ne voulait pas me regarder.

– Pourquoi es-tu venue là-bas ? demandai-je.

– J'ai pensé qu'il allait te tuer, répondit-elle.

– Qui ? Frank ?

Elle acquiesça d'un hochement de tête.

– Moi aussi. Il aurait peut-être mieux valu qu'il le fasse. Qu'est-ce qui t'a fait penser ça ? Qu'est-ce qui s'est passé ?

Elle évitait toujours de me regarder.

– La nuit où tu t'es caché dans la salle de bains, dit-elle, quand tu refusais d'en sortir. La nuit où il est parti avant de revenir au petit matin.

– Eh bien ?

– Il était fou de rage. Il était furieux, comme il l'était souvent avant. Ça faisait une éternité que je ne l'avais pas vu comme ça. Et toi, tu avais peur. Je l'ai senti. J'ai senti que quelque chose n'allait pas.

Je poussai un soupir.

– Et tu es allée voir Floyd ?

Edie acquiesça.

– Ce matin seulement. Je voulais juste lui demander quelque chose.

Elle me regarda alors pour la première fois. Elle me regarda moi, et pas Cassiel. Je sentis la différence, comme un trou d'air.

– Tu n'es pas lui, dit Edie doucement.

En l'entendant, toutes les peurs tapies en moi se cabrèrent, surgissant comme un hurlement.

Je restai muet.

– Tu n'es pas Cassiel.

C'était simple, clair, définitif.

– Non, répondis-je. Je ne suis pas lui.

– Cassiel est mort, murmura-t-elle.

– Oui.

– Et toi, qui es-tu ?

– Je suis son frère. Et je suis le tien. Je ne le savais pas jusqu'à hier.

– Qui te l'a dit ? Qui t'a dit ça ?

– Helen. Elle me l'a dit. Elle l'a dit à Cassiel.

Nous ne nous quittions plus des yeux. Aucun de nous ne détourna le regard. Les yeux d'Edie devinrent des trous. Je le vis se produire. Je la vis s'éloigner, se retirer derrière un tunnel de portes fermées. Elle ne regardait plus son frère.

Elle ouvrit la bouche pour crier, pour me maudire, pour me rappeler ma place dans le monde.

Je ne voulus pas l'entendre, je n'attendis pas. On ne reste pas là à attendre d'être maudit pour l'éternité, même si on le mérite. On essaie d'éviter les mots, même si on sait qu'ils arrivent droit sur nous, comme une balle, comme un missile à tête chercheuse.

On fuit.

XXIV

C'est Floyd qui me retrouva. J'espérais qu'il le ferait. Je n'avais pas eu la force de courir plus loin. J'étais retourné au labyrinthe, je m'étais faufilé à travers la foule désormais clairsemée, à travers l'océan de déchets, jusqu'au petit bois, puis je m'étais recroquevillé dans la cuvette boueuse où il m'avait emmené une fois. Je m'étais recroquevillé dans le froid, et au bout d'un moment je m'étais endormi.

Il me réveilla doucement, en posant la main sur mon épaule. Son visage et ses vêtements étaient propres, mais il semblait toujours sortir d'un cirque. Il ressemblait toujours à un clown.

– Chap, dit-il. Damiel. Réveille-toi. Il est temps de rentrer.

Il me ramena à la maison. Il me fit monter derrière lui sur son vélo. La côte était dure jusqu'en haut de la colline. Je descendis, et marchai la plus grande partie du chemin.

– Elle voulait aider, dit-il. Quand je lui ai raconté ce que je savais, Edie a voulu aider. Ne l'oublie pas.

En montant vers la maison, je pensai à grand-père. Je pensai à ce que je lui dirais s'il était encore vivant. Je lui demanderais pardon. Je lui dirais que je l'aimais toujours, même s'il ne pouvait pas m'entendre. J'aurais voulu faire la paix avec lui, de même que je voulais qu'Edie et Helen fassent la paix avec moi, leur imposteur, leur simulateur, leur voleur et leur menteur, leur frère et leur fils.

Nous prenons tous des choses qui ne nous appartiennent pas, voilà ce que je dirais à grand-père, où qu'il fût, même si je savais qu'il ne pouvait pas m'entendre. Nous voulons tous ce que nous n'avons pas eu.

La voiture de Frank était dans la cour. C'est la première chose que je vis, et je m'arrêtai net.

Floyd posa la main sur mon bras, exactement comme il l'avait fait le premier jour sur la colline, pour savoir si j'étais un être vivant ou un fantôme, quand j'étais les deux à la fois.

– Ne t'inquiète pas, dit-il. Il n'est pas là.

Il y avait également une voiture de police. Il y avait des policiers dans la cuisine, lorsque nous entrâmes, Floyd et moi. Edie portait toujours son déguisement. Elle avait pleuré, et ses yeux étaient aussi rouges que les taches de faux sang terni sur sa robe. Elle leva les yeux vers moi, et ne les détourna pas.

– Salut, dit-elle.

Helen, assise près de la table, fumait une cigarette. Une policière lui tenait la main.

Elle se leva, Helen se leva. Elle avait les ongles rongés jusqu'au sang, et ses bracelets tintaient exactement comme la première fois que je l'avais vue, lorsque Cassiel était revenu chez lui. Elle tremblait, mais elle se leva et vint vers moi.

– Damiel ?

Elle parla d'une toute petite voix, très douce, en ébauchant un sourire, avec dans le regard une tristesse, une colère presque insoutenables, et des larmes qui amenèrent des larmes dans mes yeux. Ma mère.

– Damiel, dit-elle, alors qu'Edie pleurait aussi. C'est bien toi ?

– Oui, mam. Oui, je pense que c'est moi.

Cet ouvrage a été achevé d'imprimer
sur Roto-Page
par l'Imprimerie Floch à Mayenne
en août 2014

N° d'impression : 87227
Imprimé en France